시가 피는 시간

현대여성대표시인선

시가 피는 시간

구명숙 엮음

역락

한국 현대 여성시는 역사의 질곡과 그 시대마다 한국 여성들의 현실을 반영하며 진화를 거듭해 왔다. 유교 문화와 일제강점기, 한국전쟁의 역사적 환경들은 한국에서 가부장제가 강하게 자리 잡는 데 큰 영향을 미쳤다. 또한 식민성의 잔재와 봉건제적 요소의 유산은 한국전쟁 이후 국가재건 과정에서 남성 부재의 전후 현실을 젠더화된 위기담론으로 구성하는 데 커다란 작용을 했으며, 유교적 윤리의 호명과 함께 전통적 여성상을 지향하면서 여성에 대한 억압과 타자화는 계속되었다.

이러한 일련의 과정 속에서 여성은 근대 이성의 반대편에 위치한 전근대의 영역에 속해 있는 것으로 여겨지고 여성성은 종종 왜곡되어 왔다. 여성이 쓴 글은 문학의 주류가 아닌 비주류로서 주변화되고 '여류문학'이라는 범주에 갇혀 있곤 했지만 여성시 작품들은 꾸준히 시대인식과 서정을 아우르는 내면적 성찰을 보여준다.

왜곡되지 않은 진정한 여성성에 대한 발견과 그를 담아낸 여성들의 진짜 목소리를 담은 진정한 의미에서의 '여성시'의 새로운 국면은 1970년대 후반부터였다고 할 수 있다. 그 이전의 여성시인들도 힘겹게 여성문학의 계보를 열고 작품 활동을 통해 여성의 자의식을 보여주었으나, 여성의 현실을 전복할 수 있는 힘을 지닌 사회적 전언을 담는 데에 이르지는 못하였다.

1970년대 한국여성시가 진정한 여성시의 포문을 열고, 본격적인 여성문학의 기점이 되었다면 80년대 여성시인들은 민중적 의식과 함께 세계의 불모성과 여성문제에 대한 첨예화된 인식을 드러내고 있다. 언어적 교란과 직설적 고발 등 기존 여성시의 금기에 도전하는 여성시인들의 작품은 90년대 이후 더욱 심화된 실험성과 강렬한 풍자성을 예리하게 보여주었고 여성의 몸에 대한 사유와 섹슈얼리티를 통한 젠더의 교란을 기획하는 등 도전적 시도들을 보여주었다. 또한 여성의 타자적 체험을 통해 차별과 배제를 넘어선 평화적 평등과 공존, 생명과 인간성 회복 구현에의 모색으로 나아가려 했다.

이 책은 고통의 시대를 견뎌온 여성들에게 시는 과연 어떤 힘을 주었는가를 초점으로 1950년대 이후, 여성문학을 가두었던 기존의 편협한 범주를 넘어 여성시인들이 다양한 목소리로 노래해온 최근까지의 여성시 작품들의 문학적 성취와 의미 있는 족적을 담아내려 하였다. 1950년대 이전 여성시의 의식은 한국전쟁 이후의 시 작품에도 내재되어 있으면서 또 다른 민족적 비극을 버텨내는 힘이 되어 주었다. 여성들에게 시는 과연 무엇인가? 시로 인해 여성의 의식은 어떻게 변화했는가? 여성시인들의 '삶과 문학' 속에 그 답이 고스란히 담겨 있음을 알 수 있다.

그동안의 한국 문학 시선집은 남성 중심적으로 엮어져 여성의 타자적 위치를 그대로 드러내는 경우가 많았으며 간혹 국지적으로 시도된 바는 있어도 현대 여성시의 전체 흐름을 개관하는 선집은 그 예를 찾아보기 힘들다. 따라서 이번 여성시선집은 남성중심의 정전으로 구성된 문학사와 이를 토대로 하는 기존 작품선집들에 대한 문제제기이며 '여성의 정전 만들기' 시도가 필요하다는 문제의식의 발로로써 기획된 것이기도 하다.

여성이 자기 몸으로부터 소외되고 자아구현이 이루어지지 못할 때 여성으로서 글을 쓴다는 것, 특히 그 중에서도 시를 쓴다는 것은 무엇인가? 라는 문제를 시대적 흐름과 함께 고찰해볼 수 있도록 이번 선집의 작품들은 시인의 등단연도 순서대로 배열되어 있다. 이로 인해 여성의 문학적 자의식이 어떻게 무르익어가고 표출되었는가를 시간 순으로 추적해볼 수 있도록 했다. 또 시대와 어떻게 교감하고, 시대적 상처를 어떻게 표현하였는가를 작품을 통해 자연스럽게 읽어낼 수 있을 것이다.

물론 각 여성시인의 중요한 작품들을 다 아우르지는 못하였고 한국 현대시사에서 중요한 위치를 차지하고 꼭 소개하고 싶었던 시인과 그들의 작품들을 다 망라하지는 못했으나, 앞으로 더 많이 이루어져야 할 한국 여성시인들의 불꽃 같은 문학적 열정의 자취들을 정리하는 작업의 한 기초를 쌓았다는 데 의미를 두어야 할 것이다.

이 책에 등장한 시인들뿐만 아니라 그동안 활동해온 여성시인들의 노력을 통해 한국 현대시사는 큰 전환점을 맞게 되었다. 그들의 시는 가부장제의 본질을 꿰뚫어보며 그동안 주변화, 타자화되었던 '여성'의 본래 자리를 회복하고 여성문학이 한국문학의 중심부로 진입할 수 있도록 하였다.

이제 한국 여성시는 단순한 대항담론의 차원을 넘어 한국 현대문학의 중요한 좌표로 자리매김했으며 여성성의 본질을 치열하게 사유하면서 스스로를 규정하는 어떤 범주도 넘어서기 위해 끝없이 자기 갱신중이다. 따라서 이 책의 결말은 앞으로도 여성 문인들이 계속 새로운 작품으로 채워 나갈 빈자리를 예고하며 그 끝을 열어두었다.

끝으로 시인 선정에 함께 꼼꼼히 살펴주신 문정희 선생님께 큰 감사를 드리며, '현대여성대표시인선' 간행의 과제에 적극 참여해 준 김지윤(박사과정 수료)을 비롯한 권혜진(석사과정 수료) 및 대학원생들과 과제에 참여하면서도 박사학위를 취득한 이유정 박사에게 고마움을 전한다. 어려운 출판계 사정에도 불구하고 여성문학에 남다른 애정과 관심으로 선뜻 이 책을 펴내주신 도서출판 역락의 이대현 사장님께 깊이 감사드리며, 책이 나오기까지 정성을 다해 애써주신 역락의 관계자 여러분에게도 진심으로 감사드린다.

2016년 초가을
서래마을 우거에서
구명숙

차례

신달자

한영옥

김승희

홍윤숙 Hong, Yun suk

1925년 8월 19일 평북 정주 출생. 2015년 10월 12일 사망. 1947년 『문예신보』에 「가을」을 발표하며 등단했다. 2012년 제4회 구상문학상 본상, 2002년 제16회 춘강상 예술부분을 수상한 바 있다. 1962년 첫 시집 『여사시집』을 출간한 후 『풍차』, 『장식론』 등의 많은 시집을 출간하였다. 대체로 감정을 억제하고, 사물이나 관념을 통해 자기를 확인하고 있다는 평가를 받고 있다.

홍윤숙

사는 법(法) 1

잠자는 법 눈뜨는 법
길을 걷는 법
하루에 열두 번도 하늘 보는 법
이를 빼고 솜 한 뭉치 틀어막는 법
한 근씩 살 내리며 앓는 법 배워요
눈물의 소금으로 혓바닥 절이며
열손가락 손톱마다 동침 꽂고 손 흔드는
이별법도 배워요
입술 꼭꼭 깨물며 눈으론 웃고
목구멍 치미는 악 삼키는 법 배워요
가슴 터져나도 천리(千里) 긴 강물 붕대로 감고
하루에 열두번씩 죽는 법 배워요

『사는 법』, 열화당, 1983

사는 법(法) 2

날지 못할 날개는 떼어 버려요
지지 못할 십자가는 벗어 놓아요
오척단신 분수도 모르는 양심에 치어
돌아서는 자리마다 비틀거리는
무거운 짐수레 죄다 비우고
손털고 돌아서는 빌라도로 살아요
상처의 암실엔 침묵의 쇠 채우고
죽지 못할 유서는 쓰지 말아요
한 사발의 목숨 위해
날마다 일심으로 늙기만 해요
형제여 지금은 다친 발 동여매고
살얼음 건너야 할 겨울 진군
되도록 몸은 작게 숨만 쉬어요
바람불면 들풀처럼 낮게 누워요
아, 그리고 혼만 깨어 혼만 깨어
이 겨울 도강(渡江)을 해요

『사는 법』, 열화당, 1983

낙법(落法)
- 놀이 · 33

일찍이 낙법을 배워둘 것을
젊은 날 섣부른 혈기 하나로
오르는 일에만 골몰하느라
내려가는 길을 미처 생각하지 못하였다
어느덧 전방엔 〈더는 갈 수 없음〉의
붉은 표지판

석양을 등지고 돌아선 너의
한쪽 어깨 이미 어둠에 묻히고
발밑에 돌무더기 시시로 무너져내리는
아슬한 벼랑 끝에 외발로 섰다

세상에 진 빚과 죄로
몸보다 무거운 영혼의 무게
추스려 이마에 얹고
남은 한 발 허공에 건다

아득하여라
해 아래 떨어지는 모과의 향기
바람에 섞이듯 그렇게
사라지는 소멸의 착지(着地) 그
아름다운 낙하를

『낙법놀이』, 세계사, 1994

나의 사전엔
-약력(略歷) 6

기다리는 것은 오지 않았다
꿈꾸는 것은 뒷모습뿐이었다
나의 사전엔
그럼에도 기다리고 꿈꾸는 일만이
지상의 숙제, 살아가는 의미라고
사람들은 다투어 뿔뿔이 길을 떠났다
청솔가지 한 짐씩 가슴에 분지르며
온밤 식은땀 흘리며
자라지 않는 꿈 가위눌리며
무거운 등짐 지고 넘어간 산을
가서 다시는 돌아오지 않았다
돌아올 길은 처음부터 없었다
이윽고 빈집에 백발이 되어버린
기다림 혼자

창가에 먼지 쓰고 늙어갔다
끝내 기다리는 것은 오지 않았고
꿈꾸는 것은 뒷모습뿐이었다
나의 사전엔

『방목시대』, 미래사, 1991

김남조 Kim, Nam jo

1927년 대구에서 출생. 1951년 서울대학교 사범대학 국어교육과를 졸업하였다. 마산고교, 이화여고에서 교편을 잡은 후 성균관대학교와 서울대학교 강사를 거쳐 1955년부터 1993년까지 숙명여자대학교 교수를 역임하였다. 한국시인협회 회장, 한국여성문학인회 회장 등을 역임하였으며, 현재 숙명여자대학교 명예교수, 대한민국 예술원 회원이다. 1992년 제33회 3·1문화상, 1996년 제41회 대한민국예술원 문학부문 예술원상, 2007년 제11회 만해대상 문학부문상 등을 받았고, 1993년 국민훈장 모란장과 1998년 은관문화훈장을 받았다. 1950년 『연합신문』에 시 「성수(星宿)」, 「잔상(殘像)」 등을 발표하며 등단했다. 첫 시집 『목숨』을 시작으로 『나아드의 향유』, 『나무와 바람』, 『정념의 기』 등의 대표시집이 있다.

김남조

편지

그대만큼 사랑스러운 사람을 본 일이 없다 그대만큼 나를 외롭게 한 이도 없었다 이 생각을 하면 내가 꼭 울게 된다

그대만큼 나를 정직하게 해준 이가 없었다 내 안을 비추는 그대는 제일로 영롱한 거울, 그대의 깊이를 다 지내가면 글썽이는 눈매의 내가 있다 나의 시작이다

그대에게 매일 편지를 쓴다
한 귀절 쓰면 한 귀절을 와서 읽는 그대, 그래서 이 편지는 한 번도 붙이지 않는다

『설일』, 문원사, 1971

겨울바다

겨울 바다에 가보았지
미지의 새
보고 싶던 새들은 죽고 없었네

그대 생각을 했건만도
매운 해풍에
그 진실마저 눈물져 얼어 버리고

허무의
불
물이랑 위에 불붙어 있었네

나를 가르치는 건
언제나
시간.
끄덕이며 끄덕이며 겨울 바다에 섰었네

남은 날은
적지만
기도를 끝낸 다음
더욱 뜨거운 기도의 문이 열리는
그런 영혼을 갖게 하소서

남은 날은
적지만

겨울 바다에 가 보았지
인고(忍苦)의 물이
수심 속에 기둥을 이루고 있었네

『겨울꽃』, 신원문화사, 1990

따뜻한 음악

바다 건너 더 먼 곳
그의 집으로 나는 가리
세월의 가룻발도 내릴 만큼은 내려
투명한 적설이 되었으리
그는 의자에 앉아 있고
어린 아이가 하듯이
내 몸을 그의 무릎 위에 얹으리
한 생의 무게를 젯상에 올리는
적멸한 예식에
온 세상 잠잠하리
그 사이 흐르는 눈물은
눈물의 끝까지 흘리리라

이윽고 작별하여
나의 지정석으로 되돌아올 때
가장 따뜻한 음악 하나가
동행하여 오고

이후
언제나 언제나 울리리라

『영혼과 가슴』, 새미, 2004

바람

바람 부네
바람 가는 데 세상 끝까지
바람 따라
나도 갈래

햇빛이야
청과 연한 과육에
수태(受胎)를 시키지만
바람은 과원 변두리나 슬슬 돌며
외로운 휘파람이나마
될지말지 하는걸

이 세상
담길 곳 없는 이는
전생이 바람이던 게야
바람이 의관 쓰고
나들이 온 게지

바람이 좋아
바람끼리 휘이휘이 가는 게 좋아
헤어져도 먼저 가 기다리는 게
제일 좋아

바람 불며
바람 따라 나도 갈래
바람 가는 데 멀리멀리 가서
바람의 색시나 될래

『가난한 이름에게』, 미래사, 1991

허영자 Heu, Young ja

1938년 경남 함양 출생, 1962년 『현대문학』으로 등단하였으며 시집 『얼음과 불꽃』 외 다수를 출간한 바 있다. 제1회 목월문학상 등을 받았으며 성신여자대학교 교수, 한국시인협회 회장 등을 역임, 현재 성신여자대학교 명예교수이다.

허영자

호수

고통이
얼마나 조용한 것인가를
호수를 본 사람은 알리라

참으로 고통이
얼마나 크나큰 참음인가를
호수를 본 사람은 알리라.

『조용한 슬픔』, 문학세계사, 1990

흰 수건

흰 수건에
얼굴을 닦으려다 멈칫한다
거기
슬프고 부끄러운
초상화 찍힐까봐

흰 수건에
두 손을 닦으려다 멈칫한다
거기
생활을 헤집고 온
비굴의 때 묻을까봐.

『조용한 슬픔』, 문학세계사, 1990

완행열차

급행열차를 놓친 것은
잘 된 일이다
조그만 간이역의 늙은 역무원
바람에 흔들리는 노오란 들국화
애틋이 숨어 있는 쓸쓸한 아름다움
하마터면 나 모를 뻔하였지

완행열차를 탄 것은
잘 된 일이다
서러운 종착역은 어둠에 젖어
거기 항시 기다리고 있거니
천천히 아주 천천히
누비듯이 혹은 홈질하듯이
서두름 없는 인생의 기쁨
하마터면 나 모를 뻔 하였지.

『기타를 치는 집시의 노래』, 미래문화사, 1995

휘발유

휘발유 같은
여자(女子)이고 싶다

무게를 느끼지 않게
가벼운 영혼

뜨겁고도 위험한
가연성(可燃性)의 가슴

한 올 찌꺼기 남지 않는
순연한 휘발

정녕 그런
액체 같은
연인(戀人)이고 싶다.

『빈 들판을 걸어가면』, 열음사, 1984

김초혜 Kim, Cho hye

1943년 충북 청주 출생. 1965년 동국대학교 국문과 졸업. 1964년 『현대문학』에 「사월」, 「길」, 「문 앞에서」 등의 추천으로 문단에 등단하였다. 2008년 제20회 정지용 문학상, 1996년 제41회 현대문학상을 수상한 바 있다. 시집 『떠돌이 별』, 『사랑굿』, 『떠돌이별의 노래』, 『그리운 집』, 『고요에 기대어』, 『사람이 그리워서』 등을 간행하였다. 김초혜의 시는 깨끗하면서도 날카로워 시 표현이 긴장감을 주며, 시를 곱게 쓰면서도 그 환기성을 높이고 있다는 평을 받는다.

김초혜

어머니 1

한몸이었다
서로 갈려
다른 몸 되었는데

주고 아프게
받고 모자라게
나뉘일 줄
어이 알았으리

쓴 것만 알아
쓴 줄 모르는 어머니
단 것만 익혀
단 줄 모르는 자식

처음대로
한몸으로 돌아가
서로 바꾸어
태어나면 어떠하리

『어머니』, 한국문학사, 1988

사랑굿 30

바다는 비를
다시 받아들여도
넘치지 않고
흙은
물을 마시어도
물이 아니어듯
눈 먼 영혼을 가진 그대여
나의 헌납을
속박없이 받으시라

나의 오감(五感)은
그대에게 가는 빛을
막지 못하고
수렁에 빠져도
새롭게 접목되며
너로 가득차고 싶다
무엇으로 바꾸지 않을
나의 오욕(汚辱)을

아름답게 견뎌내며
묶인 채 자전(自轉)하리라.

『사랑굿』, 문학세계사, 1985

첫눈

구름이 낮아지더니
눈이 내린다

과거는 현재로 오고
현재는
과거로 돌아선다

허름한 세월에
어두운 저녁에
고요하게 내리는
눈

하늘이 땅에
내려앉아서
쉬어가려나보다

눈이 내리면
갈 길이
다른 사람과도
함께 걷고 싶다

『고요에 기대어』, 문학동네, 2006

만월(滿月)

달밤이면
살아온 날들이
다 그립다

만리가
그대와 나 사이에 있어도
한마음으로
달은 뜬다

오늘밤은
잊으며
잊혀지며
사는 일이
달빛에
한생각으로 섞인다

『그리운 집』, 작가정신, 1998

유안진 Yoo, An jin

1941년 10월 1일 경북 안동 태생. 서울대학교 사범대 가정과를 거쳐 동 교육대학원
을 졸업하였으며, 미국 플로리다 대학에서 박사학위를 취득하였다. 1965년 『현대문
학』에서 시 「달」과 「별」, 「위로」 등으로 박목월의 추천을 받아 등단하였다. 2013년
제6회 목월문학상, 2012년 제44회 한국시인협회상, 2000년 제35회 월탄문학상,
1998년 제10회 정지용문학상 등을 수상한 바 있다. 대표시집으로는 『달하』, 『절망시
편』, 『물로 바람으로』, 『날개옷』, 『꿈꾸는 손금』, 『풍각쟁이의 꿈』, 『누이』, 『기쁜 이
별』, 『봄비 한 주머니』, 『다보탑을 줍다』, 『거짓말로 참말하기』, 『알고』 등이 있다. 여
성 특유의 섬세하고 유려한 문체와 치밀한 구성 방식이 돋보이며, 동양적인 정서를
바탕으로 하면서도 기독교적인 분위기를 담고 있어 양자가 적절한 조화를 이루고
있다는 평을 얻고 있다.

유안진

떡잎

조용히 문(門)을 여는
한 왕조(王朝)를 본다

두 연인(戀人)이
일으키는
어린 왕국(王國)이여

저마다의 생애(生涯)는
영광과 비극의
대서사시(大敍事詩)

그 첫 장을 기록하는
떡잎 두 쪽

봄 아지랭이
그 황홀한 춤 앞세우고
모든 인연(人緣)이 움돋았건만 —.

『날개옷』, 문학예술사, 1981

자화상

한 오십년 살고보니
나는 나는 구름의 딸이요 바람의 연인이라
눈과 서리와 비와 이슬이
강물과 바닷물이 뉘기 아닌 바로 나였음을 알아라

수리부헝이 우는 이 겨울도 한밤중
뒷뜰 언 밭을 말달리는 눈바람에
마음 헹구는 바람의 연인
가슴속 용광로에 불지피는 황홀한 거짓말을
오오 미쳐볼 뿐 대책 없는 불쌍한 희망을
내 몫으로 오늘 몫으로 사랑하여 흐르는 일

삭아질수록 새우젓갈 맛나듯이
때얼룩에 쩔을수록 인생다워지듯이
산다는 것도 사랑한다는 것도
때묻히고 더럽혀지며
진실보다 허상에 더 감동하며
정직보다 죄업에 더 집착하며

어디론가 쉬지 않고 흘러가는 것이다

나란히 누웠어도 서로 다른 꿈을 꾸며
끊임없이 떠나고 떠도는 것이다
멀리 멀리 떠나갈수록
가슴이 그득히 채워지는 것이다
갈 데까지 갔다가는 돌아오는 것이다
하늘과 땅만이 살 곳은 아니다
허공이 오히려 살 만한 곳이며
떠돌고 흐르는 것이 오히려 사랑하는 것이다

돌아보지 않으리
문득 돌아보니
나는 나는 흐르는 구름의 딸이요
떠도는 바람의 연인이라.

『구름의 딸이요 바람의 연인이어라』, 시와시학사, 1993

사랑, 그 이상의 사랑으로

아지랑이 눈빛과
휘파람에 얹힌 말과
강물에 뿌린 노래가, 사랑을 팔고 싶은 날에

술잔이 입술을
눈물이 눈을
더운 피가 심장을, 팔고 싶은 날에도

프랑스의 한 봉쇄수도원 수녀들은
붉은 포도주 '가시밭길'을 담그고
중국의 어느 산간 마을 노인들은
맑은 독주 '백년고독'을 걸러내지

몸이 저의 백년감옥에 수감된
영혼에게 바치고 싶은 제주(祭酒)
시인을 팔고 싶은 시의 피와 눈물을.

『걸어서 에덴까지』, 문예중앙, 2012

계란을 생각하며

밤중에 일어나 멍하니 앉아 있다

남이 나를 헤아리면 비판이 되지만
내가 나를 헤아리면 성찰이 되지

남이 터뜨려 주면 프라이감이 되지만
나 스스로 터뜨리면 병아리가 되지

환골탈태(換骨奪胎)는 그런 거겠지.

『둥근 세모꼴』, 서정시학, 2011

천양희 Chun, Yang hee

1942년 1월 21일 부산에서 출생. 이화여자대학교 국문과를 졸업하고, 1965년 『현대문학』에 「화음」, 「아침」이 추천 완료되어 문단에 등단한 후 기독교시단 동인으로 활동하였다. 2011년 제26회 만해문학상, 2007년 제2회 박두진문학상, 2005년 제13회 공초문학상을 수상한 바 있다. 시집으로 『신이 우리에게 묻는다면』, 『사람 그리운 도시』, 『마음의 수수밭』, 『낙타여 낙타여』, 『오래된 골목』, 『너무 많은 입』 등이 있다. 고독과 허무를 잔잔한 음성으로 노래한 시편들을 주로 발표하였다.

천양희

불멸의 명작
직소포에 들다
뒤편
들

불멸의 명작

누가
바다에 대해 말하라면
나는 바닥부터 말하겠네
바닥 치고 올라간 물길 수직으로 치솟을 때
모래밭에 모로 누워
하늘에 밑줄 친 수평선을 보겠네
수평선을 보다
재미도 의미도 없이 산 사람 하나
소리쳐 부르겠네
부르다 지치면 나는
물결처럼 기우뚱하겠네

누가 또
바다에 대해 다시 말하라면
나는 대책 없이
파도는 내 전율이라고 쓰고 말겠네
누구도 받아쓸 수 없는 대하소설 같은 것
정말로 나는

저 활짝 펼친 눈부신 책에
견줄 만한 걸작을 본 적 없노라고 쓰고야 말겠네
왔다갔다 하는 게 인생이라고
물살은 거품 물고 철썩이겠지만
철석같이 믿을 수 있는 건 바다뿐이라고
해안선은 슬며시 일러주겠지만
마침내 나는
밀려오는 감동에 빠지고 말겠네

『나는 가끔 우두커니가 된다』, 창비, 2011

직소포에 들다

폭포소리가 산을 깨운다. 산꿩이 놀라 뛰어오르고 솔방울이
툭, 떨어진다. 다람쥐가 꼬리를 쳐드는데 오솔길이 몰래 환해진
다

와! 귀에 익은 명창의 판소리 완창이로구나.

관음산 정상이 바로 눈앞인데
이곳이 정상이란 생각이 든다
피안이 이렇게 가깝다
백색 정토(淨土)! 나는 늘 꿈꾸어왔다

무소유로 날아간 무소새들
직소포의 하얀 물방울들, 환한 수궁(水宮)을.

폭포소리가 계곡을 일으킨다. 천둥소리 같은 우레 같은 기립
박수소리 같은 − 바위들이 몰래 흔들 한다

하늘이 바로 눈앞인데
이곳이 무한천공이란 생각이 든다
여기 와서 보니
피안이 이렇게 좋다

나는 다시 배운다

절창(絶唱)의 한 대목, 그의 완창을.

『마음의 수수밭』, 창작과비평, 1994

뒤편

성당의 종소리 끝없이 울려퍼진다
저 소리 뒤편에는
무수한 기도문이 박혀 있을 것이다

백화점 마네킹 앞모습이 화려하다
저 모습 뒤편에는
무수한 시침이 꽂혀 있을 것이다

뒤편이 없다면 생의 곡선도 없을 것이다

『너무 많은 입』, 창비, 2005

들

올라갈 길이 없고
내려갈 길도 없는 들

그래서
넓이를 가지는 들

가진 것이 그것밖에 없어
더 넓은 들

『나는 가끔 우두커니가 된다』, 창비, 2011

강은교 Kang, Un gyo

1945년 12월 13일 함남 홍원 출생. 서울에서 성장하면서 경기여중·고와 연세대학교 영문과 및 동 대학원 국문과를 졸업했다. 1968년 『사상계』 신인문학상에 시 「순례자의 잠」이 당선됨으로써 시단에 등단하였다. 2006년 제18회 정지용문학상, 1992년 현대문학상 시부문상, 1975년 제2회 한국문학작가상을 수상한 바 있다. 대표시집으로는 『빈자일기』, 『소리집』, 『허무집』, 『풀잎』 등이 있다. 강은교의 시 세계는 허무의식을 통하여 존재의 의미를 탐구하던 초기의 시로부터 점차 민중적이며 현실적인 시각에서 시대와 역사의 문제를 탐구하는 데로 폭넓게 전개되고 있다는 평가를 받는다.

강은교

자전(自轉) I

날이 저문다
먼 곳에서 빈 뜰이 넘어진다.
무한천공(無限天空) 바람 겹겹이
사람은 혼자 펄럭이고
조금씩 파도치는 거리의 집들
끝까지 남아 있는 햇빛 하나가
어딜까 어딜까 도시를 끌고 간다.

날이 저문다
날마다 우리나라에
아름다운 여자들은 떨어져 쌓인다.
잠 속에서도 빨리빨리 걸으며
침상(寢牀) 밖으로 흩어지는
모래는 끝없고
한 겹씩 벗겨지는 생사(生死)의
저 캄캄한 수 세기(數世紀)를 향하여
아무도
자기의 살을 감출 수는 없다.

집이 흐느낀다.

날이 저문다.

바람에 갇혀

일평생이 낙과(落果)처럼 흔들린다.

높은 지붕마다 남몰래

하늘의 넓은 시계 소리를 걸어놓으며

광야에 쌓이는

아, 아름다운 모래의 여자들

부서지면서 우리는

가장 긴 그림자를 뒤에 남겼다.

『허무집』, 서정시학, 2006

파도

모래들의 숨소리가 들리는 바닷가
나는 보았습니다.
파도들이 달려올 때는 옆파도와 단단히 어깨동무한다는 것을
손에 쥔 하얀 거품이
모래밭을 덮는다는 것을

나는 알았습니다
온몸을 하얀 거품 속에 감춘다는 것을
파도들이 서로 사랑한다는 것을.

『등불 하나가 걸어오네』, 문학동네, 1999

왜 그걸 못보았을까

왜 그 숲에 서서
등 뒤에 핀 벚꽃을 못 보았을까,
등 뒤에서 몸을 뒤집고 있는
백양나무 입을 못 보았을까,

백양나무 푸른 등 위에서
마악 몸을 뒤채는 빗방울의 동그란 입술
한 빗방울이 옆 빗방울에게 사색이 되어 소리친다,
밀치지 마, 떨어질 것 같아,

왜 그걸 못 보았을까
그 터널을 나가다 보면
길들이 서로 껴안고 있다가
헛발질하며 후닥닥 떨어지는 걸
터널 양쪽의 언덕이 글썽글썽 눈물
그걸 주욱 보고 있는 걸

거기 어물거리는, 어물거리기만 하는 얼굴 잔뜩 부푼 구름이
라든가
　구름에 닿도록 팔들을 쳐들고 서서 손부리가 화들짝 놀랄 때
까지 하늘을 잔채질하는 넝쿨들을
　동편 하늘의 젖가슴을 만지작거리러
　오늘도 새들이 일렬종대로 달려가는 것을.

　왜 큰 것만 보았었을까.

『막다른 골목을 사랑했네, 나는』, 시인생각, 2013

운조

운조가 걸어간다/ 운조가 걸어간다/ 푸른 지평선 황
토치마 벌리고/ 한 모랭이 지나 화살표 사이로/ 두 모
랭이 지나 화살표 사이로/ 운조가 걸어간다/ 마음 떨
며 운조가 걸어간다

네가 떠난 후에
너를 얻었다
지붕들은 떨림을 멈추고
어둠에 익숙한 하늘은
밥풀 같은 별 몇 개 입술에 묻혔다

심장을 늘이고 있는 빨랫줄들
비스듬히 눈물짓고 있는 나무들
동그란 눈 치켜뜨고 있는 창문들

작은 집들은 타달타달 달리고
담벼락의 두 팔은 지나가는 풍경들을 부끄럽게 부끄럽게
안았다, 비애는 타달거리는 작은 의자

저 집 속으로 나는 들어가야 하리
어둠을 몸에 잔뜩 칠하고
야단맞은 아이처럼 떨며 서 있는
비애를 안아주어야 하리

물안개들도 일찍 눈뜬 날
네가 떠난 후에
너를 얻은 날

운조가 걸어간다/ 운조가 걸어간다/ 푸른 지평선 황
토치마 벌리고/ 한 모랭이 지나 비애 사이로/ 두 모랭
이 지나 매혹 사이로/ 운조가 걸어간다/ 마음 떨며 운
조가 걸어간다

『네가 떠난 후에 너를 얻었다』, 서정시학, 2011

 문정희 Moon, Chung hee

1947년 5월 25일 전남 보성에서 출생. 동국대학교 국문과에 재학 중이던 1969년 〈월간문학〉 신인상에 당선하며 문단에 나온다. 1975년에는 현대 문학상, 1996년에는 소월시문학상을 수상한 바 있다. 대표시집으로는 『새떼』, 『혼자 무너지는 종소리』, 『아우내의 새』, 『찔레』, 『하늘보다 먼 곳에 매인 그네』, 『제 몸속의 새를 꺼내주세요』, 『별이 뜨면 슬픔도 향기롭다』, 『남자를 위하여』 등이 있다. 그의 시는 낭만주의적 정신을 기본 색채로 하여, 청순한 감각과 명징한 언어로 형상화하고 있다는 평을 받는다.

문정희

성공시대

어떻게 하지? 나 그만 부자가 되고 말았네
대형 냉장고에 가득한 음식
옷장에 걸린 수십 벌의 상표들
사방에 행복은 흔하기도 하지
언제나 부르면 달려오는 자장면
오른발만 살짝 얹으면 굴러가는 자동차
핸들을 이리저리 돌리기만 하면
나 어디든 갈 수 있네
나 성공하고 말았네
이제 시(詩)만 폐업하면 불행 끝
시 대신 진주목걸이 하나만 사서 걸면 오케이
내 가슴에 피었다 지는 노을과 신록
아침 햇살보다 맑은 눈물
도둑고양이처럼 기어오르던 고독 다 귀찮아
시 파산 선고하고
행복 벤처 시작할까
그리고 저 캄캄한 도시 속으로

폭탄같이 강렬한 차 하나 몰고
미친 듯이 질주하기만 하면

『살아 있다는 것은』, 생각 속의 집, 2014

공항에서 쓸 편지

여보, 일 년만 나를 찾지 말아주세요
나 지금 결혼 안식년 휴가 떠나요
그날 우리 둘이 나란히 서서
기쁠 때나 슬플 때나 함께하겠다고
혼인 서약을 한 후
여기까지 용케 잘 왔어요
사막에 오아시스가 있고
아니 오아시스가 사막을 가졌던가요
아무튼 우리는 그 안에다 잔뿌리를 내리고
가지들도 제법 무성히 키웠어요
하지만, 일 년만 나를 찾지 말아주세요
병사에게도 휴가가 있고
노동자에게도 휴식이 있잖아요
조용한 학자들조차도
재충전을 위해 안식년을 떠나듯이
이제 내가 나에게 안식년을 줍니다
여보, 일 년만 나를 찾지 말아주세요
내가 나를 찾아가지고 올 테니까요

『양귀비꽃 머리에 꽂고』, 민음사, 2004

화장을 하며

입술을 자주색으로 칠하고 나니
거울 속에 속국의 공주가 앉아 있다
내 작은 얼굴은 국제 자본의 각축장
거상들이 만든 허구의 드라마가
명실 공히 그 절정을 이룬다
좁은 영토에 만국기 펄럭인다

금년 가을 유행색은 섹시브라운
샤넬이 지시하는 대로 볼연지를 칠하고
예쁜 여자의 신화 속에
스스로를 가두니
이만하면 음모는 제법 완성된 셈
가끔 소스라치며
자신 속의 노예를 깨우치지만
매혹의 인공향과 부드러운 색조가 만든
착시는 이미 저항을 잃은 지 오래다

시간을 손으로 막기 위해 육체란
이렇듯 슬픈 향을 찍어 발라야 하는 것일까
안간힘처럼 에스테 로더의 아이라이너로
검은 철책을 두르고
디오르 한 방울을 귀밑에 살짝 뿌려 마무리한 후
드디어 외출 준비를 마친 속국의 여자는
비극 배우처럼 서서히 몸을 일으킨다

『나는 문이다』, 문학에디션 뿔, 2007

남편

아버지도 아니고 오빠도 아닌
아버지와 오빠 사이의 촌수쯤 되는 남자
내게 잠 못 이루는 연애가 생기면
제일 먼저 의논하고 물어보고 싶다가도
아차, 다 되어도 이것만은 안 되지 하고
돌아누워 버리는
세상에서 제일 가깝고 제일 먼 남자
이 무슨 원수인가 싶을 때도 있지만
지구를 다 돌아다녀도
내가 낳은 새끼들을 제일로 사랑하는 남자는
이 남자일 것 같아
다시금 오늘도 저녁을 짓는다
그러고 보니 밥을 나와 함께
가장 많이 먹는 남자
전쟁을 가장 많이 가르쳐준 남자

『살아 있다는 것은』, 생각 속의 집, 2014

노향림 Roh, Hyang rim

1942년 4월 2일 전남 해남 출생. 중앙대학교 영문과를 졸업했다. 1969년 『월간문학』
에 「겨울과원」을, 1970년 『월간문학』에 「불」을 발표하며 등단했다. 1987년 대한민
국 문학상을 수상한 바 있다. 시집으로 『K읍 기행』, 『연습기를 띄우고』, 『눈이 오지
않는 나라』, 『그리움이 없는 사람은 압해도를 보지 못하네』, 『후투티가 오지 않는
섬』 등이 있다. 노향림은 절제된 감정을 깔끔하고 선명한 이미지와 생생한 정황묘사
를 통해 표현하는 시인이라는 평을 받고 있다.

노향림

꿈

바다가 앞에 와 있었다
뻘밭 사이에 처박고 있는
그의 얼굴이 늘 보고 싶었다.
신음소리가 귀신이 되어 나오던
집 한채.
철사토막 같은 손으로
바다소나무들은
앙가슴을 가리고 있었다

사람냄새가 그리웠다
긴 복도 끝
육조 다다미방(房)에 복막염으로
나는 누워 있었다
사금파리, 야생초, 생고무냄새
바람사이의 흐릿한 호얏불,
오래 문닫힌 대장간에 쌓여있는
정적(靜寂)들이 보고 싶었다.
아, 손과 발을 달고 날아다니는

아이들 소리들이 보고 싶었다.

나는
심심풀이로 바다의 몸을
만지작거리곤 했다
꿈에서 깨어나면 미끈거리는
소금기만이 마음에 가득히
묻어났다
바다는 늘 앞에 와 있었다.

『눈이 오지 않는 나라』, 문학사상사, 1987

하늘, 가서 닿을 수 없는

가서 닿을 수 없는 마음을 접어 날렸읍니다.

언덕배기 예배당 앞에서입니다.

날다가 어느 것은 한발짝 앞 시간(時間)으로 떨어져 죽고

어느 것은 활짝 하늘로 묻혔읍니다.

그뒤 20년,

누군가 다시 접어 날리는 모양입니다.

오늘 가벼이 저공으로 뜬 하늘

누구의 가서 닿을 수 없는 마음일까요.

『연습기를 띄우고』, 연희, 1980

창

손바닥만한 밭을 일구던
김 스테파노가 운명했다.

그에게는
십자고상과 겉이 다 닳은 가죽 성경,
벗어놓은 전자시계에서 풀려나간
무진장한 시간이
전부였다.

그가 나간
하늘 뒷길 쪽으로
창문이 무심히 열린 채 덜컹거린다.

한평생
그에게 시달렸던 쑥부쟁이꽃들이
따사로운 햇볕 속
상장(喪章)들을 달고 흔들리는

조객(弔客)이 필요 없는 평화로운
곳.

『후투티가 오지않는 섬』, 창비, 1998

해에게선 깨진 종소리가 난다

해에게서는
언제부턴가 종소리가 난다.
은은히 울려 퍼지는 소리 앞에
무릎 꿇고 한데 모으는 헌 손들
배고픈 영혼들을 위한 한끼의 양식이오니
고개 숙이고 낮은 데로 임하소서
하늘이 지상의 빈 터에다 간판을 내걸었다.
무료 급식소,
무성한 생명력의 소리 받아먹으려고
고적함을 견디며 서 있는 길고 긴 행렬
깃털처럼 야윈 몸들을 데리고
될 수 있는 한 웅크린다.
아무것도 움직여본 적 없고
스스로를 쳐서 소리 낸 적 없는 몸짓이다.
바람이 조금만 불어도 파동치는
해에게서는
수세기의 깨진 종소리가 난다.

『해에게선 깨진 종소리가 난다』, 창비, 2005

신달자 Shin, Dal ja

1943년 12월 25일 경남 거창 출생. 숙명여자대학교 국문과 및 동 대학원을 졸업하고
문학박사 학위를 받았다. 평택대학교 국문과 교수, 명지전문대 문창과 교수, 한국시
인협회 회장을 역임했다. 1964년 여성지 『여상』에 시 「환상의 밤」이 당선되었고
1972년 『현대문학』에 「발」, 「처음 목소리」 등으로 박목월의 추천을 받으면서 본격적
인 문단활동을 시작했다. 1989년 대한민국문학상을 비롯하여 2002년 시와시학상,
2007년 현대불교문학상, 2008년 영랑시문학상, 2009년 공초문학상, 2011년 김준성
문학상, 2011년 대산문학상, 2016년 정지용문학상 등을 수상하였다. 대표시집으로
『봉헌문자』, 『겨울축제』, 『고향의 물』, 『아가』, 『오래 말하는 사이』 등이 있다. 신달자
는 주로 여성 특유의 감각적 심미감을 드러내는 시를 발표했다는 평을 받는다.

신달자

가정백반
소
등잔
핸드백

가정백반

집 앞 상가에서 가정백반을 먹는다
가정백반은 집에 없고
상가 건물 지하 남원집에 있는데
집 밥 같은 가정백반은 집 아닌 남원집에 있는데
집에는 가정이 없나
밥이 없으니 가정이 없나?
혼자 먹는 가정백반
남원집 옆 24시간 편의점에서도 파나?
꾸역꾸역 가정백반을 넘기고
기웃기웃 가정으로 돌아가는데

대모산이 엄마처럼 후루룩 콧물을 훌쩍이는 저녁.

『살흐르다』, 민음사, 2014

소

사나운 소 한 마리 몰고
여기까지 왔다
소몰이 끈이 너덜너덜 닳았다
골짝마다 난장 쳤다
손목 휘어지도록 잡아끌고 왔다
뿔이 허공을 치받을 때마다
뼈가 패었다
마음의 뿌리가 잘린 채 다 드러났다
징그럽게 뒤틀리고 꼬였다
생을 패대기 쳤다
세월이 소의 귀싸대기를 때려 부렸나
쭈그러진 살 늘어뜨린 채 주저앉았다 넝마 같다
핏발 가신 눈 꿈벅이며 이제사 졸리는가
쉿!
잠들라 운명

『바람 멈추다』, 시월, 2009

등잔

인사동 상가에서 싼값에 들였던
백자 등잔 하나
근 십 년 넘게 내 집 귀퉁이에
허옇게 잊혀져 있었다.
어느날 눈 마주쳐 고요히 들여다보니
아직은 살이 뽀얗게 도톰한 몸이
꺼멓게 죽은 심지를 물고 있는 것이
왠지 미안하고 안쓰러워
다시 보고 다시 보다가
기름 한줌 흘리고 불을 켜 보니

처음엔 당혹한 듯 눈을 가리다가
이내
발끝까지 저린 황홀한 불빛

아 불을 당기면
불이 켜지는
아직은 여자인 그 몸.

『아버지의 빛』, 문학세계사, 1999

핸드백

나의 핸드백은
내 가슴속의 숨은 방과 같습니다
남들은 잘 열지 못하고
열지 못해서 남들이 조금은 궁금한 내 핸드백은
때때로 나도 궁금해 손을 넣어 뒤적거리곤 합니다
열쇠와 지갑만 잡히면 안심이지만
그 두 가지가 정확하게 보이는데도
무엇이 없어진 느낌으로 여기저기 마음의 주머니를
더듬다가 덜컹 가슴이 내려앉곤 합니다
무엇인가 밀물져 왔다가
썰물처럼 밀려갔는지
황토 빛 뻘이 아프게 펼쳐져 있습니다
오늘은 찾아도 찾는 것이 없어서
속을 확 뒤집어 쏟아 버렸지만
알량한 내 품위가
남루한 알몸으로 햇살에 드러나
쑥밭 같은 마음들을 재빠르게 주워 담습니다

내 핸드백 속에서는
내 심장 박동 소리가 들리곤 합니다

『바람 멈추다』, 시월, 2009

한영옥 Han, Young ok

1950년 서울 출생, 1973년 성신여자대학교 국어교육학과를 졸업했다. 『현대시학』
에 「손님」, 「뗏목의 귀향」을 발표하면서 작품 활동을 시작하였다. 1997년 최우수예
술인상, 2000년 제2회 천상병시상, 2004년 제6회 비평문학상을 수상한 바 있다. 대
표시집으로는 『비천한 빠름이여』, 『안개편지』, 『처음을 위한 춤』 등이 있다.

한영옥

사람은 사람을 생각한다
그리움, 한참 말랑한
다만 내게 있어서
동화(同化)

사람은 사람을 생각한다

나무는 나무를 생각하고
꽃은 꽃을 생각한다
한 나무가 흔들리면
또 한 나무가 어디선가 흔들리고
한 꽃송이 입술 내어 밀면
또 한 꽃송이 어디선가 입술 내어 민다
사람은 사람을 생각한다
한 사람이 한 사람을 생각하면
한 사람이 한 사람을 생각한다
나무가 나무를 생각할 땐
꽃이 꽃을 생각할 땐
총총한 별이 스스럼없이 또 뜨건만
사람이 사람을 꿈꿀 땐
수만 번 등불이 꺼지고
수만 번 등불이 다시 켜진다
하늘엔 별이 그처럼 빛나건만
지상엔 사람 속의 사람이
그처럼 깜박거리는 것이다.

『안개편지』, 고려원, 1997

그리움, 한참 말랑한

뜬금없는 소문이

정설로 굳어지려는 찰나,

산수유꽃 봉우리 툭 터진다

아슬아슬하게 터지는 봄,

그래도 꼭 터지곤 하여서

아직 지상엔 정설이 없다

그리움, 한참 말랑하다.

『다시 하얗게』, 천년의시작, 2011

다만 내게 있어서

그만한 사람이 없다
내게 있어서는

그만한 풍경이 없다
내게 있어서는

봄바람, 그 사람은
치솟은, 그 풍경은

나를 꿈틀거리게 했다
나를 날아오르게 했다

다만, 내게 있어서
선뜻, 있어 주었다.

『다시 하얗게』, 천년의시작, 2011

동화(同化)

착한 나에게로
악한 너를 끌어들이지 않고
악한 너에게로
착한 내가 서슴없이 가겠다
출렁출렁대는 너의 시커먼 연못에
따질 것 없이 발목을 담그는 순간
꽃나무마다 꽃은 열리고
잎나무마다 잎은 열리고
곧이어 주렁주렁 열매 달릴 것이니
그 한 열매 속에 너와 스밀 것이니.

『안개편지』, 고려원, 1997

김승희 Kim, Seung hee

1952년 3월 1일 전남 광주 출생. 전남여고와 서강대학교 영문과를 졸업하고, 동 대학원 국문과에서 박사학위를 취득했다. 현재 서강대학교 국문학과 교수로 재직 중이며, 국제비교한국학회 회장을 지냈다. 1973년 『경향신문』 신춘문예에 시 「그림 속의 물」이 당선되어 시단에 등단하였다. 2003년 제2회 고정희상, 1992년 제5회 소월시문학상을 수상한 바 있다. 대표시집으로는 『태양미사』, 『왼손을 위한 협주곡』, 『미완성을 위한 연가』, 『달걀 속의 생』, 『어떻게 밖으로 나갈까』, 『세상에서 가장 무거운 싸움』, 『냄비는 둥둥』, 『희망이 외롭다』 등이 있다. 김승희는 자아성찰을 통해 기존의 제도와 질서로부터 적극적인 탈출을 시도하고 있다는 평가를 받는다.

김승희

신이 감춰둔 사랑

심장은 하루종일 일을 한다고 한다
심장이 하루 뛰는 것이
10만 8천 6백 39번이라고 한다
내뿜는 피는 하루 몇천만 톤이나 되는지 모른다고 한다
지구에서 태양까지의 거리가 1억 4천 9백 6십만km인데
하루 혈액이 뛰는 거리가
2억 7천 31만 2천km라고 한다
지구에서 태양까지 두번 갔다올 거리만큼
당신의 혈액이 오늘 하루에 뛰고 있는 것이다.
바로 너, 너, 너! 그대!

그렇게 당신은 파도를 뿜는다
그렇게 당신은 꺼졌다 살아난다
그렇게 당신은 달빛 아래 둥근 꽃봉오리의 속삭임이다
은환의 질주다

그대가 하는 일에 나도 참가하게 해다오
이 사업은 하느님과의 동업이다
그 속에서 나는 사랑을 발견하겠다

『냄비는 둥둥』, 창비, 2006

110층에서 떨어지는 여자
- 9. 11에 죽은 여자를 추모하며

110층 화염의 하늘에서 떨어지면서
여자는 핸드폰을 목숨처럼 껴안고
사랑했다, 사랑한다고 말하며
110층에서 떨어지는 여자는
두 신발에 오렌지색 불이 붙은 것을 느끼면서
너를 사랑했다, 너를 사랑한다고 말하며
110층에서 떨어지는 여자는
꼭두서니빛 불타오르는 화염으로 치마를 물들이면서
너를 사랑했으며 너를 사랑한다, 영원히 사랑한다고
말하며
110층에서 떨어지는 여자는
엉덩이를 다 먹고
허리 한복판을 너울너울 화염이 베어먹는 것을 느끼면서
110층에서 떨어지는 여자는
이 불타는 허리 이 불타는 등줄기 이 불타는 모가지
110층에서 떨어지는 여자는
누구나 자기 무덤을 만들 시간은 없지만

너를 사랑했다고 말하는 여자는
난폭한 머리카락 난폭한 두 귀가 갈기처럼 일어서는 것을 느
끼며
110층에서 떨어지는 여자는
죽지마, 죽어선 안돼, 라고 연인이 말할 때
불길이 그녀의 하얀 두 손을 먹고 핸드폰을 녹여버릴 때
그때
바로 그때까지
죽어선 안돼, 절대로 안돼,라는 연인의 말이 전해진
귀 두짝을 소중히 움켜쥔 채
110층에서 떨어진 여자는
사
랑
해
!

『냄비는 둥둥』, 창비, 2006

달걀 속의 생·5

달걀을 보면
알 수 있지.
아, 저렇게 해방을 기다리는 사람도
있구나.

조그맣게 차갑게
두 눈을 감고
아, 어찌 해,
저리도 못다한
벙어리 사랑을.

외치고 싶고
깨지고 싶어도
시간의 실금이 온몸에 강물처럼 퍼지기를
기다려. 배꼽 같은 씨눈이
노른자위를 먹어 치워
흰자위를 먹어 치워
아, 그 안에서 원무처럼 일어서는

열애 같은 혁명을 기다려.

달걀을 보면
눈물이 어리지.
아, 저렇게 미해방의 절벽 위에서
꿈꾸는 사람!

『달걀 속의 생』, 문학사상사, 1989

냄비는 둥둥

텔레비전 화면을 통해
아르헨티나 아, 아르헨티나가 냄비 두드리던 소리,
부에노스아이레스의 한여름 밤거리를 뒤흔들던 소리,
남녀노소 가릴 것 없이 냄비, 프라이팬, 국자, 냄비뚜껑까지
들고 나와 두드려대던 소리,
사람들이 한목소리로 내지른 비명소리
아르헨티나 아아
빚과 실업자, 극빈자, 점쟁이와 정신과의사,
사망자와 부상자 들, 그 한숨소리
나도 프라이팬을 들고 뛰어가 섞인 듯
입을 꽉 다문 채 몇시간씩 은행과 직업소개소 앞에 늘어선 모
습들
이런 광경 고요함

비 내리는 텔레비전 화면을 쳐다보며
묵묵히 밥을 먹는다
다리 하나 부러진 개다리밥상
아무도 그에 대해 말을 하지 않는다

냄비 밑바닥만 우두커니 들여다본다
냄비 안에 시래깃국, 푸르른 논과 논두렁들,
쌀이 무엇인지 아니? 신의 이빨이란다,
인간이 배가 고파 헤맬 때 신이 이빨을 뽑아
빈 논에 던져 자란 것이란다,
경련하는 밥상, 엄마의 말이 그 경련을 지그시 누르고 있는
조용한 밥상의 시간,
비 내리는 저녁 장마,
냄비는 둥둥

『냄비는 둥둥』, 창비, 2006

김혜순 Kim, Hye soon

1955년 10월 26일 경북 울진에서 출생. 강원대학교 국어국문학과와 건국대학교 국어국문학과 및 동 대학원 국어국문학과를 졸업했다. 현재 서울예술대학 문예창작과 교수로 재직 중이다. 1978년 『동아일보』 신춘문예 평론 부분에 「시와 회화의 미학적 교류」가 당선되었고, 1979년 계간 『문학과지성』 가을호에 「담배를 피우는 시인」 외 4편을 발표하면서 등단했다. 1997년 제16회 김수영문학상, 2000년 제1회 현대시작품상, 제15회 소월시문학상, 2006년 제6회 미당문학상, 2008년 제16회 대산문학상을 수상했다. 대표시집으로는 『또 다른 별에서』, 『아버지가 세운 허수아비』, 『어느 별의 지옥』, 『우리들의 음화』, 『나의 우파니샤드, 서울』, 『불쌍한 사랑기계』, 『달력 공장 공장장님 보세요』 등이 있다. 김혜순의 시 세계는 일반적으로 가부장적이고 억압적인 남성 질서에 대항하는 여성주의 텍스트로 평가된다.

김혜순

그녀, 요나

어쩌면 좋아요
고래 뱃속에서 아기를 낳고야 말았어요
나는 아직 태어나지도 못했는데
사랑을 하고야 말았어요

어쩌면 좋아요
당신은 나를 아직 다 그리지도 못했는데
그림 속의 내가 두 눈을 달지도 못했는데

그림 속의 여자가 울부짖어요
저 멀고 깊은 바다 속에서 아직 태어나지도 못한
그 여자가 울어요 그 여자의 아기도 덩달아 울어요
두 눈을 뜨고 당신을 보지도 못했는데 눈물이 먼저 나요

(나는 아직 태어나지 않은 게 분명하지요?
그러니 자꾸만 자꾸만 당신이 보고 싶지요)

오늘 밤 그 여자가
한번도 제 몸으로 햇빛을 반사해본 적 없는 그 여자가
덤불 같은 스케치를 뒤집어쓰고
젖은 머리칼 흔드나 봐요
이파리 하나 없는 숲이 덩달아 울고
어디선가 보고 싶다 보고 싶다 함박눈이 메아리쳐와요

아아, 어쩌면 좋아요?
나는 아직 태어나보지도 못했는데
나는 아직 두 눈이 다 빚어지지도 못했는데

『한 잔의 붉은 거울』, 문학과지성사, 2004

어미곰이 불개미 떼 드시는 방법

주체할 수 없이 몸이 커진다는 거
상처가 생길 때마다 작은 천 조각 하나 오려 덮고
또 오려 덮고 다시 덮고 그러다 보니
이제 내가 조각이불을 덮어쓰고 말았다는 거
우리 엄마는 조각이불은 절대 덮지 말라고 하고
퀼트 같은 건 절대 배우지 말라고 했는데
기우고 기우다 보면 가난에서 헤어나지 못한다고 그랬는데
내가 지금 쓰레기뭉치 조각이불처럼 걸어간다는 거
한때는 당신이 먹거나 물어뜯거나 조종하거나
부리던 거였다는데 그러나 이제 조용한
쓰레기뭉치 같은 것이 되어버렸다는 거
끌차와 한몸이 된 노숙자처럼 냄새가 난다는 거
앞발로 툭 치면 사슴 같은 거 노루 같은 거
다 죽어버릴 만큼 덩치만 크다는 거
이 햇볕 작열하는 대로상엔 나밖에 없다는 거
나를 만나면 도망가는 것들밖에 없다는 거
걸어가면서 잠자는 거대한 회색곰처럼
눈꺼풀 위에 너덜거리는 거대한 검은 레이스 구름처럼

기름 질질 싸고 가는 사막 한가운데 덤프트럭처럼
계단은 썩고 다락은 먼지가 한 길이나 쌓인 집채처럼
덩그러니 나 말고 아무도 없다는 거
거리에서 쫓겨나고 쫓겨나면서
점점 커진다는 거
내가 세상의 비명으로 꽉 차 있다는 거
그것밖엔 아무것도 없다는 거

『슬픔치약 거울크림』, 문학과 지성사, 2011

또 하나의 타이타닉 호

솥이 된 '또 하나의 타이타닉 호'
1911년 건조되었고, 선적지는 사우샘프턴
속력은 22노트, 여객선, 한 번 항해에 2천 명 이상 탑승한 경
력
내가 결혼한 해에 해체되었으며
지금은 빵 굽는 토스터, 아니면 주전자, 중국식 프라이팬,
한국식 압력 밥솥이 되었다
상처투성이의 큰 짐승
육지 생활에 여전히 적응 못 하는 퇴역 선장
그래서 솥이 되어서도
늘 말썽이 잦다
나는 밥하기 싫은 참에 압력 밥솥 회사에 항의 전화를 걸었다
자꾸 김이 새잖아요?
내가 씻은 쌀이 도대체 몇 톤이나 될까. 새벽에 일어나 쌀을
씻고, 식탁을 차리고, 다시 쌀을 씻고, 솥을 닦고, 숟가락을 닦
고, 화장실을 닦고, 다시 쌀을 씻는다. 닭의 뱃속에 붙은 기름을
긁어내고, 쌀을 씻고, 생선의 내장을 꺼내고, 파를 다진다. 다시
쌀을 씻는다. 망망대해를 떠가는 배, '또 하나타이타닉'표 압력

밥솥, 과연 이것이 나의 항해인가. 리플레이,리플레이,리플레이
　우리 집에 정박한 한국식 압력 밥솥 '또 하나의 타이타닉호'
　불쌍해라, 부엌을 벗어난 적이 없다
　밥하는 거 지겨워
　설거지하는 거 지겨워
　그럼 그것도 안 하면 뭐 할 건데?
　압력 밥솥이 내게 물었다
　뱀처럼 밥 먹고 입을 쓰윽 닦지
　내가 대답했다
　영사기에서 쏟아지는 빛처럼 가스 불이 솥을 에워싸자 파도
가 끓는다
　스크린처럼 하얀 빙산에 배가 부딪칠 때
　밤 바다로 쏟아져들어가는 내 나날의 이미지
　물에 잠겨서도 환하게 불켜고
　필름처럼 둥글게 영속하는 천 개의 방
　느리디느린 디졸브로
　솥이 된 여자, 그 여자가
　곧, 스타들과 엑스트라들이 끓어오르는 흰 파도 속에서 잦아

든다
그 이름 '또 하나의 타이타닉 호'
화이트 스타 선박 회사 건조
수심 4천 미터 속 부엌을 천천히 걸어다니며
짙푸른 바닷속에 붉은 녹을 풀어넣고 있다

『달력 공장 공장장님 보세요』, 문학과 지성사, 2000

상처의 신발

상처에 발을 집어넣는다
상처를 신고 다닌다
아니면 상처가 냄새나는 발을 품고 다니는 건가
상처는 나를 위한 피고름 틀이다

상처로 지은 신발은 꽃투성이
내가 발을 집어넣으면 진홍빛 피톨들이 짓이겨진다
상처로 지은 신발은 배를 가른 닭의 목구멍
내가 발을 집어넣으면 작은 갈비뼈들이 우두둑 부러진다
상처로 지은 신발은 열린 무덤
내가 발을 집어넣으면 엄마 아빠 무덤 두 개가
내 왼발오른발에 신겨진다

상처의 신발은 가끔 발작하지만 대개는 참는다
물집이 터지고 썩은 냄새가 진동한다
진분홍 입술을 앙다물고 내 더러운 두 발을 이빨에 문다
신발이 아픈지 안 아픈지 내 두 발은 모른다

상처의 신발은 방향 감각이 없다

늘 거기가 여기고 여기가 거기다
상처의 신발은 내가 발을 내딛는 곳마다 여기라고 주장한다
상처의 신발이 디딘 곳, 그곳이 내 잠깐의 영토다
신발이 커지면 발도 커진다
나는 뜨거운 쌀자루만큼 커진 신발을 신고
배 갈라진 채 달아나는 흰 돼지처럼 뛰어오른다

상처로 지은 신발 속은 밥알투성이다
내가 잘 지은 밥솥에 발을 집어넣는다
밥알들이 작은 생선 알들처럼 내 발밑에서 짓뭉개진다
상처로 지은 신발은 엄마의 늘어진 가슴 두 쪽이다
신발이 바닥에 닿으면 우유 같은 눈물 번진 흔적!
파리 떼 가득 붙은 뜨끈한 누군가의 목구멍 속으로
고린내 나는 발가락을 집어넣는 이 감촉!

나는 지금 바깥쪽으로 약간 기울어진
상처투성이를 신고 땡볕 속을 걸어가고 있다

『슬픔치약 거울크림』, 문학과 지성사, 2011

이사라 Lee, Sa ra

1953년 6월 9일 서울 출생. 이화여자대학교 국문과 및 동 대학원을 졸업했다. 서울
과학기술대학교 문예창작학과 교수이다. 1981년 『문학사상』에 「히브리인의 마을
앞에서」를 발표하며 등단했다. 1989년 대한민국 문학상을 수상한 바 있고, 대표시집
으로는 『히브리인의 마을 앞에서』, 『미학적 슬픔』, 『숲 속에서 묻는다』 등이 있다. 그
의 시는 모더니티와 서정, 감성과 지성, 현실과 상상, 일상과 원형의 균형을 보여준
다는 평을 받는다.

이사라

뜨거운 인생

날개를 접고 기다리는 독수리가 길 끝에 있어요
오랜 시간 돌산에서 갈고 다진 발톱을 그림자로 감추고
한 칠십 년 산다는 사막독수리가 기다려요
짙어가는 그림자를 노려보며 그늘 깊은 가족 속에 숨어요

몇 개의 가는 기둥을 세우고 밤이면 둥근 난로에 불을 지피는
유목민처럼 뜨겁게
어른거리기만 했을 뿐 사라진 신기루는 난로 속에서 다시 어
른거리고
가늘고 흰 다리로 모래알 같은 시간을 걸어가는
쌍봉 가족처럼 뜨겁게
새벽에 스러지는 재처럼 가버리는 시간 놓쳐도 뜨겁게
바람과 한번쯤 손잡고 한소끔 춤으로 끓어올랐다가 다음 순
간 순순히 무덤이 되어
소리 없는 능선이 되고 말
인생

발톱 세운 독수리가 큰 원을 그리며 덮칠 때까지
모래알 같은 시간 지피며
그림자와 그늘 사이에서
홀로 뜨거워요

『가족박물관』, 문학동네, 2008

모래성
- 오래된 미래 1

어린 당신 어리신 당신
철 지난 바닷가에서 모래성을 쌓는데
모래는 곱디곱고
당신의 당신의 당신들이 자꾸 쌓는 모래성
파도가 허물며 말하네
아무래도 어린 오래된 당신
철이 지나도
바닷가 모래성은 자꾸 무너지네
깨지지 않는 눈물 없이는 드러나지 않는 세상을
바닷가에서 지워가는 나날들

바다는 말하네
오래된 얼굴로
아무래도 오래 살아왔으나
아무래도 오래 살아야겠네
모래는
오래된 얼굴로
아무래도 오래 살아왔으나

아무래도 오래 살아야겠네
당신은
오래된 얼굴로
아무래도 오래 살아왔으나
아무래도 오래 살아야겠네

철이 지날수록
오래된 말을 하는
오래된 사랑들

『가족박물관』, 문학동네, 2008

가족박물관

한 개의 꽃이 활짝 피었다가 또 지는 중이다
방 안에서
마루 끝에서
건널목 저편에서
그때마다 꽃 그림자가 피는 밤

오래도록 꽃이 피었다가 지면
가족은 가족사진이 되고
액자 유리에 납작해진 가족은
드디어 조화가 된다

만 년 동안 조화가 살아 있다고 전해지는 밤에도
눈이 오고
봄이 오고
또 눈이 오고
한 사람이 눈길을 걷다가
눈이 덮어버린 길이 궁금해지고
궁금하지 않던 그 길이 궁금해지고

삽 하나 들고
부드러운 것은 부드럽게 파헤치고
날카로운 것은 날카롭게 파헤치면
박물관 하나가 나타난다
관 속에 조용히 누워 있는데도
가족은
그가 살아있다고 믿는 밤

신화를 쪼고 있는 부리 단단한 새도
잠들지 못하는 밤
흰 눈과 흰 뼈로 만나서
뽀드득뽀드득 소리를 내는 꽃밭이 아름답다

『가족박물관』, 문학동네, 2008

중년 여자

잘 아는 사람들이 그녀의 발목을 묶는다
그녀는 거꾸로 선 원추형의 빌딩이 된다
그녀는 날개 대신 회전문을 달고
바람처럼 사람들이 드나들 적마다
자동적으로 몸을 여닫는다
그녀는 수난시대로 기록되기 시작한다

그녀에게 버림받은 진짜 고통은
마을버스가 닿지 않는 먼 곳에서
오지 않는 그녀를
기다린다

마음속 잡초들이 그녀의 검은
눈동자를 잠식해간 것은 몇십 년 전인지?
뿌연 세상 속의 그녀는 눈물의 길을 놓쳤다
그녀에게
보였던 것마다
층층이 매몰되어 표층에서 지워지고 있다

그녀는 여러 번 화산재를 뒤집어썼고
때때로 외부 침입자가 그녀를 난사하고 떠난 뒤
서서히 스러지는
문명이 되어간다

누구든 고대 도시처럼 불현듯
그녀를 발굴할 수도 있을지?

『시간이 지나간 시간』, 문학동네, 2002

황인숙 Hwang, In suk

1958년 12월 21일 출생. 서울예술대학 문예창작과를 졸업했다. 1984년 『경향신문』 신춘문예에 「나는 고양이로 태어나리라」가 당선되어 등단했다. 1999년 「나의 침울한, 소중한 이여」로 제12회 동서문학상을 2004년 『자명한 산책』으로 제23회 김수영 문학상을 수상했다. 시집으로는 『새는 하늘을 자유롭게 풀어놓고』, 『슬픔이 나를 깨운다』, 『우리는 철새처럼 만났다』, 『나의 침울한, 소중한 이여』, 『자명한 산책』, 『리스본행 야간열차』 등이 있다. 황인숙은 긍정적인 변형의식에 기본을 둔 자유로운 상상력으로 현실과 일상에 대한 전복과 일탈을 추구하는 시인으로 평가받는다.

황인숙

철 지난 바닷가

나도 일요일을 사랑했었죠
바캉스를
아주 아주 사랑했었죠
당신 나이에는 그랬더랬죠
그런데 이제
휴일이 별나지도
대수롭지도 않아요
이제 조용한 바다가 좋아요
사방에서 날아온 나뭇잎들이
좌충우돌하다 매미떼를 따라 휩쓸려 갈
태풍 지난 뒤에나 바다에 가보겠어요
일요일들과 바캉스들을 가라앉힌
바닷가를 찰방찰방 거닐어보겠어요
발가락 새로 바닷물과 모래가 들락거리겠죠
하늘에선 햇빛이 들락거렸으면 좋겠어요
흰 구름 뭉게뭉게 피어올랐으면 좋겠어요
구름의 반그림자 속에서
당신과 만날 수도 있겠죠.

『2012 현대문학상 수상시집』, 현대문학, 2012

눅눅한 날의 일기

문밖으로 빼꼼 고개를 내밀고 둘러본 뒤
속옷 바람으로 총총 계단 네 개를 내려가
신문을 집어왔네
눅눅한 뉴스를 전하는
오후의 조간신문

멀리 가까이 눅눅한 뉴스들
늘 쾌청, 인심 후한 내 어르신 친구도
증권이 반 토막 나 상심해 계시고
다른 친구들의 이런저런 불행도 해결책은 결국 돈!

답답해서 유리창을 열러 가니
이미 열려 있네
간유리처럼 뿌연 하늘
또 비가 오려나 보네
모두들 눅눅한 소금인형

신문의 오늘 운세난을 보니 문서운이 있다는데
이리저리 생각해봐도 가진 문서라고는 로또뿐
상상만 해도 뽀송뽀송해지네
구명조끼를 입은 소금인형처럼.

『2012 현대문학상 수상시집』, 현대문학, 2012

해바라기의 시간

넘치게 햇빛 담은 다라이만한 꽃을 이고
훤칠한 해바라기들 휘청거리네
끝 간 데 없이 일렁이는 황금빛
두근거리다 못해 울렁거리는 바람
우르르 몰려온 바다의 푸른 망아지들이
해바라기 꽃밭 예제서
쿵쿵 코를 박고 헤어날 줄 모르네
해도 달려와 눈부신 듯
제 금빛 오로라,
해바라기 꽃밭을 바라보네.

욱신거리는 실룩거리는
시간의 해바라기
해바라기의 시간!

몽롱한 홍수

흘러라, 눈물이여
비야, 쏟아져라
어제도 그제도 그끄제도
그리고 오늘도
줄창 비가 오고
걷잡을 수 없이 눈물 흘러
모든 것 물에 잠겼네
모든 것 몽롱하고 영롱해졌네
물 위에 모닥불 지피고
빨랫줄 한가득 빨래를 너네
이제 머리를 감은 뒤
귀 막고 음악을 들을 테야
젖은 확성기가 속삭이는
내 머릿속 이상한 음악을

깊은 물 속 저 아래 땅에 사는 땅돼지
이따금 첩첩첩
옛세상 안부를 전하네.

『2012 현대문학상 수상시집』, 현대문학, 2012

양선희 Yang, Sun hee

1960년 경남 함양군 안의면 출생. 1984년 서울예술대학 문예창작과를 졸업하고,
1987년 계간 『문학과 비평』에 「일기를 구기다」 외 9편의 시를 발표하면서 등단했다.
1997년 『동아일보』 신춘문예에서 시나리오 「집으로 가는 길」로 당선된 바 있다. 대
표시집으로는 『일기를 구기다』, 『그 인연에 울다』가 있고, 소설 『사랑할 수 있을 때
사랑하라』를 펴낸 바 있다.

양선희

날개에 관한 단상

결혼비행을 끝내고 죽은 수캐미들을 쓰레받기에 쓸어 담는다. 몸통 따로 날개 따로 떨어져 있다. 몸의 꿈과 날개의 꿈을 달리 품고 저승으로 간 것일까?

결혼한 여왕개미는 제일 먼저 제 몸에서 두 날개를 떼어낸다. 정착해 일가(一家)를 이루려면 더이상 높이 더 높이 비상을 꿈꾸어서는 안 되는 법(法)일까?

일생(一生)을, 양식을 모으는 육아에 힘쓰는 집을 지키는 궂은일을 도맡는 일개미는, 날개가 없다. 날개는 생업(生業)을 방해해서? 날개는 외계(外界)와 간통해서?

『그 인연에 울다』, 문학동네, 2001

어머니의 조각보

남대문 시장 거창 한복집에서 자루 자루 얻은 자투리 천으로 덮치려는 우울증 치매 콕콕 찔러 만드셨다는 조각보 수십 장, 택배로 왔네.

결혼한 지 십 년 넘게 생색(生色) 한번 못 내고 사는 내게 생(生) 색(色)을 선물하시려나. 땀에 탄복하며 한 장 한 장 꺼내 보니 삼십육색이 넘는 문양 속에 십장생들 뛰어 노네.

세모 네모 마름모 서로 험담하지 않고, 삼각뿔 원뿔 서로 찌르지 않고, 제자리 크다 작다 불평하지 않고, 폼나게 서로 몸 포개고, 신비하게 서로 색을 섞었네.

조각들도 심혈로 이으면 쓰임새 중한 것이 된다고, 한 땀 한 땀 터진 복장 꿰매면 경련 덜한 집이 된다고, 생에서 줄행랑 치고 싶은 나를 색동 다리 놓아 부르시네.

어울림 추임새 하나 못 익혀 준공필증 못 받은 집 돌아보니 날 날을 퍼렇게 벼르고 함부로 널려 미동 없던 마음들 얼씨구나 신명을 내네.

『시와반시』, 2007년 여름호

어머니와 함께 한 산책

나를 위문오신 어머니와
약수가 나는 산을 오른다
내가 모르는 풀들과
어머니가 인사를 나누는 사이
나는 딸에게 보여줄
할미꽃을 뿌리째 뽑는다
어머니는 할미꽃의 뿌리를 끊어
무덤가에 던지신다
뿌리는 내년에도 꽃을 피워야지
흙냄새만 맡아도 뿌리는 뻗으니까
나를 살릴 흙이 있나
두리번거리는 내 마음을
나보다 먼저 읽으신 어머니는
가시밭이든 자갈밭이든 어디든
뿌리는 내리면 다 살게 돼 있어
거기가 내 자리다 믿으면
약초를 뜯으며 어머니는
부유하는 내 생에 약손을 대신다

『그 인연에 울다』, 문학동네, 2001

신비하다

이거 한쪽만 상한 건데
도려내고 드실래요?
가게 아주머니는
내가 산 성한 복숭아 담은 봉지에
상한 복숭아 몇 개를 더 담아준다.
먹다보니 하, 신기하다.
성한 복숭아보다
상한 복숭아 맛이 더 좋고
덜 상한 복숭아보다
더 상한 복숭아한테서
더 진한 몸내가 난다.
육신이 썩어 넋이 풀리는 날
나도 네게 향기로 확, 가고 싶다.

『그 인연에 울다』, 문학동네, 2001

 정끝별 Jeong, Keut byul

1964년 11월 28일 전남 나주 출생. 이화여자대학교 국문과 및 동 대학원을 졸업했다. 1988년 『문학사상』 신인상에 시 「칼레의 바다」가, 1994년 『동아일보』 신춘문예에 평론 「서늘한 패러디스트의 절망과 모색」이 당선되어 등단했다. 2008년 제23회 소월시문학상 대상, 2004년 만해사상실천선양회 유심작품상을 수상한 바 있다. 시집으로는 『자작나무 내 인생』, 『흰책』, 『삼천갑자 복사빛』, 『와락』, 『은는이가』 등을 간행하였다. 정끝별은 리듬과 이미지가 충만한 시정으로 독특한 시 세계를 보여주는 시인으로 알려져 있다.

정끝별

밀물

가까스로 저녁에서야

두 척의 배가
미끄러지듯 항구에 닻을 내린다
벗은 두 배가
나란히 누워
서로의 상처에 손을 대며

무사하구나 다행이야
응, 바다가 잠잠해서

『흰 책』, 민음사, 2000

불멸의 표절

난 이제 바람을 표절할래
잘못 이름 붙여진 뿔새를 표절할래
심심해 건들대는 저 장다리꽃을
어디서 오는지 알 수 없는 이 싱싱한 아침냄새를 표절할래
앙다문 씨앗의 침묵을
낙엽의 기미를 알아차린 푸른 잎맥의 숨소리를
구르다 멈춘 자리부터 썩어드는 자두의 무른 살을
그래, 본 적 없는
달리는 화살의 그림자를
용수철처럼 쪼아대는 딱따구리의 격렬한 사랑을 표절할래
닝닝 허공에 정지한 벌의 생을 떠받치고 선
저 꽃 한송이가 감당했던 모종의 대역사와
어둠과 빛의 고비에서
나를 눈뜨게 했던 당신의 새벽노래를
최초의 목격자가 되어 표절할래
풀리지 않는, 지구라는 슬픈 매듭을 베껴쓰는
불굴의 표절작가가 될래
다다다 나무에 구멍을 내듯 자판기를 두드리며
백지(白紙)의 당신 몸을 표절할래

첫 나뭇가지처럼 바람에 길을 열며
조금은 글썽이는 미래라는 단어를
당신도 나도 하늘도 모르게 전면 표절할래
자, 이제부터 전면전이야

『와락』, 창비, 2008

꽃이 피는 시간

가던 길 멈추고 꽃핀다
잊거나 되돌아갈 수 없을 때
한 꽃 품어 꽃핀다
내내 꽃피는 꽃차례의 작은 꽃은 빠르고
딱 한번 꽃피는 높고 큰 꽃은 느리다
헌 꽃을 댕강 떨궈 흔적 지우는 꽃은 앞이고
헌 꽃을 새 꽃인 양 매달고 있는 꽃은 뒤다
나보다 빨리 피는 꽃은 옛날이고
나보다 늦게 피는 꽃은 내일이다
배를 땅에 묻고 아래서 위로
움푹한 배처럼 안에서 밖으로
한소끔의 밥꽃을
백기처럼 들어올렸다 내리는 일이란
단지 가깝거나 무겁고
다만 짧거나 어둡다
담대한 꽃냄새
방금 꽃핀 저 꽃 아직 뜨겁다
피는 꽃이다!

이제 피었으니
가던 길 마저 갈 수 있겠다

『와락』, 창비, 2008

앨리스, 데려다줘요

아하, 그러니까
푸른 바닷속
인어처럼 물고기처럼 물살따라
하얀 물방울로 애기하고
두 겨드랑이로 숨쉴 수 있다면
산호 숲 해초처럼
우리 함께 살랑일 수 있다면
좋겠네 그러면 그곳에는
공화국도 시민도 돈도
이데올로기도 언어도 말도
없고 그러니까 옷도
없으니까 풀잎같이
아니아니 미역같이
붉고 푸르게 설레는 아무도 모를
소라 속 소라의
침묵으로 사랑할밖에
물빛 살내음으로
긴긴 입맞춤으로 탯줄을 만들며

향기로워라 깊고 푸른
눈빛으로
침묵으로
온몸으로
파래처럼 가볍게 세상 위에 떠
사랑할 수 있는 그곳은 그러니까
이상한 나라일까

『자작나무 내 인생』, 세계사, 1996

나희덕 Na, Hee deok

1966년 충남 논산에서 출생. 연세대학교 국어국문학과를 졸업하고 동 대학원에서 석사학위와 박사학위를 받았다. 현재 조선대학교 문예창작학과 교수로 재직 중이다. 1989년 중앙일보 신춘문예에 시 『뿌리에게』가 당선되어 등단했다. 현재 시힘 동인으로 활동하고 있으며, 『녹색평론』의 편집자문위원을 맡고 있다. 1998년 제17회 김수영문학상, 2001년 제12회 김달진문학상, 제9회 오늘의 젊은 예술가상 문학 부문, 2003년 제48회 현대문학상, 2005년 제17회 이산문학상, 2007년 제22회 소월시 문학상, 2014년 제6회 임화문학예술상, 제14회 미당문학상을 수상했다. 대표시집으로는 『뿌리에게』, 『그 말이 잎을 물들였다』, 『그곳이 멀지 않다』, 『어두워진다는 것』, 『사라진 손바닥』 등이 있다.

나희덕

분홍신을 신고

음악에 몸을 맡기자
두 발이 미끄러져 시간을 벗어나기 시작했어요
내 안에서 풀려나온 실은
술술술술 문지방을 넘어 밖으로 흘러갔지요
춤추는 발이
빵집을 지나 세탁소를 지나 공원을 지나 동사무소를 지나
당신의 식탁과 침대를 지나 무덤을 지나 풀밭을 지나
돌아오지 않아요 멈추지 않아요
누군가 나에게 계속 춤추라고 외쳤죠
두 다리를 잘린다 해도
음악에 온전히 몸을 맡길 수 있다니,
그것도 나에게 꼭 맞는 분홍신을 신고 말이에요
당신에게도 들리나요?
둑을 넘는 물소리, 핏속을 흐르는 노랫소리,
나는 이제 어디로든 갈 수 있어요
강물이 둑을 넘어 흘러내리듯
내 속의 실타래가 한없이 풀려나와요
실들이 뒤엉키고 길들이 뒤엉키고
이 도시가 나를 잡으려고 도끼를 들고 달려와도

이제 춤을 멈출 수가 없어요
내 발에 신겨진, 그러나 잠들어 있던
분홍신 때문에
그 잠이 너무도 길었기 때문에

『야생사과』, 창비, 2009

물방울들

그가 사라지자
사방에서 물소리가 들려오기 시작했다

물때 낀 낡은 씽크대 위로
똑, 똑, 똑, 똑, 똑......
쉴새없이 떨어져내리는 물방울들

삶의 누수를 알리는 신호음에
마른 나무뿌리를 대듯 귀를 기울인다

문 두드리는 소리 같기도 하고
발소리 같기도 하고
때로 새가 지저귀는 소리 같기도 한

물소리

물방울 속에서 한 아이가 울고
물방울 속에서 수국이 피고
물방울 속에서 빨간 금붕어가 죽고

물방울 속에서 그릇이 깨지고
물방울 속에서 싸락눈이 내리고
물방울 속에서 사과가 익고
물방울 속에서 노랫소리가 들리고

멀리서 물관을 타고 올라와
빈방의 침묵을 적시는 물방울들은
글썽이는 눈망울로 요람을 흔들어준다
내 심장도 물방울을 닮아간다

똑, 똑, 똑, 똑, 똑, 똑……
빈혈의 시간으로 흘러드는 낯선 핏방울들

『야생사과』, 창비, 2009

마른 물고기처럼

어둠 속에서 너는 잠시만 함께 있자 했다
사랑일지도 모른다, 생각했지만
네 몸이 손에 닿는 순간
그것이 두려움 때문이라는 걸 알았다
너는 다 마른 샘 바닥에 누운 물고기처럼*
힘겹게 파닥이고 있었다, 나는
얼어 죽지 않기 위해 몸을 비비는 것처럼
너를 적시기 위해 자꾸만 침을 뱉었다
네 비늘이 어둠 속에서 잠시 빛났다
그러나 내 두려움을 네가 알았을 리 없다
조금씩 밝아오는 것이, 빛이 물처럼
흘러들어 어둠을 적셔버리는 것이 두려웠던 나는
자꾸만 침을 뱉었다, 네 시든 비늘 위에.

아주 오랜 뒤에 나는 낡은 밥상 위에 놓인 마른 황어들을 보았
다.
황어를 본 것은 처음이었지만 나는 너를 한눈에 알아보았다.
황어는 겨울밤 남대천 상류 얼음 속에서 잡은 것이라 한다.
그러나 지느러미는 꺾이고 빛나던 눈도 비늘도 시들어버렸다.

낡은 밥상 위에서 겨울 햇살을 받고 있는 마른 황어들은 말이
없다.

『사라진 손바닥』, 문학과지성사, 2004

---

*『장자(莊子)』의「대종사(大宗師)」에서 빌어옴. "샘의 물이 다 마르면 고기들은 땅
위에 함께 남게 된다. 그들은 서로 습기를 공급하기 위해 침을 뱉어주고 거품을
내어 서로를 적셔준다. 하지만 이것은 강이나 호수에 있을 때 서로를 잊어버리는
것만 못하다."

푸른 밤

너에게로 가지 않으려고 미친 듯 걸었던
그 무수한 길도
실은 네게로 향한 것이었다

까마득한 밤길을 혼자 걸어갈 때에도
내 응시에 날아간 별은
네 머리 위에서 반짝였을 것이고
내 한숨과 입김에 꽃들은
네게로 몸을 기울여 흔들렸을 것이다

사랑에서 치욕으로,
다시 치욕에서 사랑으로,
하루에도 몇 번씩 네게로 드리웠던 두레박

그러나 매양 퍼 올린 것은
수만 갈래의 길이었을 따름이다
은하수의 한 별이 또 하나의 별을 찾아가는
그 수만의 길을 나는 걷고 있는 것이다

나의 생애는
모든 지름길을 돌아서
네게로 난 단 하나의 에움길이었다

『그곳이 멀지 않다』, 민음사, 1997

조용미 Cho, Yong mee

1962년 경북 고령에서 출생. 서울예술대학 문예창작과를 졸업하고, 1990년 『한길문학』 「청어는 가시가 많아」로 등단했다. 2005년 제16회 김달진문학상, 2012년 제19회 김준성문학상을 수상한 바 있다. 대표시집으로는 『불안은 영혼을 잠식한다』, 『일만 마리 물고기가 山을 날아오르다』, 『삼베옷을 입은 자화상』, 『나의 별서에 핀 앵두나무는』, 『기억의 행성』이 있다.

조용미

물속의 빛

물은 점점 차오르고
당신의 얼굴은 보이지 않네
모든 빛들은 천천히 가라앉겠지

물속의 고요함은 정말 기괴하네
푸른빛 초록빛 싸늘한 흰빛 노란빛
그리고 검은,

검은 건 빛이 아니라서
그냥 어둠,이라고 해두지
물이 숨을 가득 채울 때 보았던 건
따뜻한 분홍빛

물속에서 이렇게 많은 빛들이 살아가는 줄
정말 몰랐지
내 노래의 음계들은 오래 어두울 텐데

모든 것이 연결되어 있는
고요한 곳이 있다면
그건 아마 물속일 거야

이제 물속에서 하늘을 보네
아아, 하늘은 물빛
난 당분간 눈을 감지 않을 거야

물빛은 점점 어두워 오는데
당신의 얼굴은 보이지 않네
물속의 고요함은 정말 기괴하네

『기억의 행성』, 문학과지성사, 2011

검은 담즙

가슴속에서 검은 담즙이 분비되는 때가 있다 이때 몸속에는 꼬불꼬불 가늘고 긴 여러 갈래의 물길이 생겨난다 나뭇잎의 잎맥 같은 그 길들이 모여 검은 내, 흑하(黑河)를 이루었다

흑하의 물줄기는 벼랑에서 모여 폭포가 되어 가슴 깊은 곳을 가르며 옥양목 위에 떨어지는 먹물처럼 낙하한다

폭포는 검은 담즙으로 이루어져 있다

너의 죄는 비애를 길들이려 한 것이다 생의 단 한순간에도 길들여지지 않는 비애는 그을린 태양 아래 거칠고 긴 숨을 내쉬며 가만히 누워 있다

쓸갯물이 모여 생을 가르는 검(劍)이 되기도 하다니 검은 폭포 아래에서 모든 것들은 부수어져 거품이 되어버린다 거품이 되어 날아가는 것들의 헛된 아름다움이 너를 구원할 수 있을까

비애는 길들여지지 않는다

너의 죄는 비애를 길들이려 한 것이니 환(幻)이 끝나고 멸
(滅)이 시작되는 지점에서 삶은 다시 시작되는 것을 검은 담즙
이 모여 떨어지는 흑하는 아름답다 그 아름다움을 지상에서 가
장 헛된 것이라 부르겠다

지상에서 가장 헛된, 그 아름다움의 이름은 절멸(絶滅)이다

『나의 별서에 핀 앵두나무는』, 문학과지성사 , 2007

사이프러스
나무는 풍경을 길들인다 - 장 그르니에

사이프러스는 마치 이집트의 오벨리스크처럼 균형 잡힌 아름다운 나무라고 고흐가 말했을 때 그는 저 나무를 빛과 색채로 감각함과 동시에 균형으로 파악했던 걸까 가지가 위로만 향하는 타오르는 촛불 같은 저 나무는 넓이 대신 깊이를 존재방식으로 선택했다

사이프러스는 언제나 검은 초록으로 불타고 있다

사이프러스가 양옆으로 도열하듯 서 있는 어느 먼 곳의 한적한 정류장에서 내 영혼은 나무들에 완전히 압도당하여 그 기이한 풍경 속으로 선뜻 들어서지 못하고 한참을 머뭇거리다 사막으로 접어드는 늙은 낙타처럼 걸어 들어갔다

바람의 어느 세찬 손이 나무를 저렇게 높이 휘감아올렸나

흩뿌려놓은 진홍색 물감처럼 펼쳐져 있는 들판의 개양귀비와 첨탑처럼 하늘로 치솟아 오르는 어두운 초록빛 사이프러스 사이에서 나의 번민은 깊어갔다

막 불이 붙기 시작한 듯한 밀밭과 초저녁의 소용돌이치는 하
늘은 모두 저 사이프러스로 인한 것

사이프러스가 있는 풍경에는 지독한 아름다움에 대한 번민
이 슬픔처럼 가만히 숨어 있다 사이프러스가 층층이 쌓아올린
검은 초록의 탑은 오벨리스크보다 더 높다

『기억의 행성』, 문학과지성사, 2011

죽어가는 자의 고독*

저수지 위로 얼음이 솟았다
물이 산 그림자를 받아내지 못하고 있다
바람이 싸락눈을 마구 쓸고 지나갈 때마다 저수지 위로 흰 길
이 생겨났다 지워졌다
얼음의 두께로 상처의 깊이를 헤아려보며
그는 물 위를 걸었다
심장 근처를 더듬던 손이 멈추었다

물에 닿지 못했다
물의 한가운데로 짐작되는 곳에 다물어지지 않는 상처가 불
쑥 솟아 있었다
물의 바깥에서 그는 저수지의 일부가 되었다
물의 표면이 되었다
물의 안에는 표정을 잘 알 수 없는 그의 얼굴이 있었다
그는 물속으로 들어가지 못했다 물속을 걷지는 못했다

밤이면 울음소리를 내는 저수지가 있다
그는 저수지 위에 있다
저수지 위에서 몸이 식어간다

천천히, 저수지가 된다
저수지는 그의 일부가 된다
밤이면 울음소리를 내는 그 저수지는 집에서 그리 멀지 않다

『삼베옷을 입은 자화상』, 문학과지성사, 2004

---

* 노르베르트 엘리아스, 『죽어가는 자의 고독』에서 차용.

최정례 Choi, Jeong rae

1955년 경기도 화성에서 출생. 고려대학교 국문과를 졸업하고, 1990년 『현대시학』에 「번개」를 발표하면서 등단하였다. 1999년 제10회 김달진 문학상, 2003년 제10회 이수문학상을 수상한 바 있다. 대표 저서로 『내 귓속의 장대나무 숲』, 『햇빛속의 호랑이』, 『붉은 밭』, 『레바논 감정』, 『그녀의 입술은 따스하고 당신의 것은 차거든』, 『내 귓속의 장대나무 숲』, 『시여 살아 있다면 힘껏 실패하라』, 『백석시어의 힘』, 『캥거루는 캥거루고 나는 나인데』 등을 썼다.

최정례

늙은 여자

한때 아기였기 때문에 그녀는 늙었다
한때 종달새였고 풀잎이었기에
그녀는 이가 빠졌다
한때 연애를 하고
배꽃처럼 웃었기 때문에
더듬거리는
늙은 여자가 되었다
무너지는 지팡이가 되어
손을 덜덜 떨기 때문에
그녀는 한때 소녀였다
채송화처럼 종달새처럼
속삭였었다
쭈그렁 바가지
몇가닥 남은 허연 머리카락은
그래서 잊지 못한다
거기 놓였던 빨강 모자를
늑대를
뱃속에 쑤셔넣은 돌멩이들을
그녀는 지독하게 목이 마르다

우물 바닥에 한없이 가라앉는다
일어설 수가 없다
한때 배꽃이었고 종달새였다가 풀잎이었기에
그녀는 이제 늙은 여자다
징그러운
추악하기에 아름다운
늙은 주머니다

『붉은 밭』, 창작과 비평사, 2001

3분 동안

3분 동안 못할 일이 뭐야
기습 결혼을 하고
아이를 낳을 수 있지
다리가 끊어지고
백화점이 무너지고
한 나라를 이룰 수도 있지

그런데
이봐
먼지 낀 베란다에 널린
양말들, 바지와 잠바들
접힌 채 말라가는
수치와 망각들
뭐하는 거야

저것 봐
날아가는 돌
겨드랑이에서
재빨리 펼쳐드는 날개를

저 날개 접히기 전에
어서 결혼을 하고
아이를 낳아야지
도장을 찍고
악수를 청하고
한 나라를 이루어야지

비행기가 떨어지고
강물이 갇히기 전에
식탁 위에 모래가 켜로 앉기 전에
찬장 밑에 잠든 바퀴벌레도 깨워야지
서둘러 겨드랑이에
새파란 날개를 달아야지

『붉은 밭』, 창작과 비평사 , 2001

레바논 감정

수박은 가게에 쌓여서도 익지요
익다 못해 늙지요
검은 줄무늬에 갇혀
수박은
속은 타서 붉고 씨는 검고
말은 안 하지요 결국 못 하지요
그걸
레바논 감정이라 할까 봐요

나귀가 수박을 싣고 갔어요
방울을 절렁이며 타클라마칸 사막 오아시스
백양나무 가로수 사이로 거긴 아직도
나귀가 교통수단이지요
시장엔 은반지 금반지 세공사들이
무언가 되고 싶어 엎드려 있지요

될 수 없는 무엇이 되고 싶어
그들은 거기서 나는 여기서 죽지요
그들은 거기서 살았고 나는 여기서 살았지요

살았던가요, 나? 사막에서?
레바논에서?

폭탄 구멍 뚫린 집들을 배경으로
베일 쓴 여자들이 지나가지요
퀭한 눈을 번득이며 오락가락 갈매기처럼
그게 바로 나였는지도 모르지요

내가 쓴 편지가 갈가리 찢겨져
답장 대신 돌아왔을 때
꿈이 현실 같아서
그때는 현실이 아니라고 우겼는데
그것도 레바논 감정이라 할까요?

세상의 모든 애인은 옛애인이 되지요*
옛애인은 다 금의환향하고 옛애인은 번쩍이는 차를 타고
옛애인은 레바논으로 가 왕이 되지요

———
* 박정대의 시 「이 세상의 애인은 모두가 옛 애인이지요」 중에서

레바논으로 가 외국어로 떠들고 또 결혼을 하지요

옛애인은 아빠가 되고 옛애인은 씨익 웃지요
검은 입술에 하얀 이빨
옛애인들은 왜 죽지 않는 걸까요
죽어도 왜 흐르지 않는 걸까요

사막 건너에서 바람처럼 불어오지요
잊을 만하면 바람은 구름을 불러 띄우지요
구름은 뜨고 구름은 흐르고 구름은 붉게 울지요
얼굴을 감싸쥐고 징징거리다
눈을 흘기고 결국

오늘은 종일 비가 왔어요
그걸 레바논 감정이라 할까 봐요
그걸 레바논 구름이라 할까 봐요
떴다 내리는
그걸 레바논이라 합시다 그럽시다

『레바논 감정』, 문학과지성사, 2006

칼과 칸나꽃

너는 칼자루를 쥐었고
그래 나는 재빨리 목을 들이민다
칼자루를 쥔 것은 내가 아닌 너이므로
휘두르는 칼날을 바라봐야 하는 것은
네가 아닌 나이므로

너와 나 이야기의 끝장에 마침
막 지고 있는 칸나꽃이 있다

칸나꽃이 칸나꽃임을 이기기 위해
칸나꽃으로 지고 있다

문을 걸어 잠그고
슬퍼하자 실컷
첫날은 슬프고
둘째 날도 슬프고
셋째 날 또한 슬플 테지만
슬픔의 첫째 날이 슬픔의 둘째 날에게 가 무너지고
슬픔의 둘째 날이 슬픔의 셋째 날에게 가 무너지고

슬픔의 셋째 날이 다시 쓰러지는 걸
슬픔의 넷째 날이 되어 바라보자

상갓집의 국숫발은 불어터지고
화투장의 사슴은 뛴다
울던 사람은 통곡을 멈추고
국숫발을 빤다

오래가지 못하는 슬픔을 위하여
끝까지 쓰러지자
슬픔이 칸나꽃에게로 가
무너지는 걸 바라보자

『레바논 감정』, 문학과지성사, 2006

이원 Lee, Won

1967년 경기 화성에서 출생. 서울예술대학 문예창작과를 졸업하고 동국대학교 대학원 문예창작학과에서 석사학위를 받았다. 1992년 『세계의 문학』 가을호에 시 「시간과 비닐봉지」 외 3편을 발표하면서 등단하였다. 2002년 제7회 현대시학작품상, 2005년 제6회 현대시작품상을 수상하였다. 대표시집으로 『그들이 지구를 지배했을 때』, 『야후!의 강물에 천 개의 달이 뜬다』, 『세상에서 가장 가벼운 오토바이』, 『불가능한 종이의 역사』 등이 있다.

이원

거리에서
나는 클릭한다 고로 나는 존재한다
몸이 열리고 닫힌다
쇼윈도

거리에서

내 몸의 사방에 플러그가
빠져나와 있다
탯줄 같은 그 플러그들을 매단 채
문을 열고 밖으로 나온다
비린 공기가
플러그 끝에 주렁주렁 매달려 있다
곳곳에서 사람들이
몸 밖에 플러그를 덜렁거리며 걸어간다
세계와의 불화가 에너지인 사람들
사이로 공기를 덧입은 돌들이
둥둥 떠다닌다

『그들이 지구를 지배했을 때』, 문학과지성사, 1996

나는 클릭한다 고로 나는 존재한다

잉크 냄새가 밴 조간신문을 펼치는 대신 새벽에
무향의 인터넷을 가볍게 따닥 클릭한다
신문 지면을 인쇄한 모습 그대로
보여주는 PDF 서비스를 클릭한다
코스닥 이젠 날개가 없다
단기 외채 총 500억 달러
클릭을 할 때마다 신문이 한 면씩 넘어간다
나는 세계를 연속 클릭한다
클릭 한 번에 한 세계가 무너지고
한 세계가 일어선다
해가 떠오른다 해에도 칩이 내장되어 있다
미세 전극이 흐르는 유리관을 팔의 신경 조직에 이식
몸에서 나오는 무선 신호를 컴퓨터가 받는다는
12면 기사를 들여다보다
인류 최초의 로봇 인간을 꿈꾼다는 케빈 워윅의
웹 사이트를 클릭한다 나는 28412번째 방문객이다
나도 삽입하고 싶은 유전자가 있다
마우스를 둥글게 감싼 오른손의 검지로 메일을
클릭한다 지난밤에도 메일은 도착해 있다

캐나다 토론토의 k가 보낸 첨부 파일을 클릭한다
붉은 장미들이 이슬을 꽃잎에 대롱대롱 매달고
흰 울타리 안에서 피어난다
k가 보낸 꽃은 시들지 않았다
곧바로 나는 인터넷 무료전화 dialpad를 클릭한다
k의 전화번호를 클릭한다
나는 6589 마일리지 너머로 연결되고 있다
나도 누가 세팅해놓은 프로그램인지 모른다
오른손으로 미끄러운 마우스를 감싸쥐고 나는
문학을 클릭한다 잡지를 클릭한다
문학 웹진 노블 4월호를 클릭한다
사막이 아름다운 것은 그것이 어딘가에 샘을
감추고 있기 때문이라고 표지의 어린 왕자는
자꾸 자꾸 풍경을 바꾼다 창을 조금 더 열고
인터넷 서점 알라딘을 클릭한다 신간 목록을 들여다보다
가격이 20% 할인된 폴 오스터의
우연의 음악과 15% 할인된 가격과
르네 지라르의 폭력과 성스러움을 주문 클릭한다
창밖 야채 트럭에서 쿵쿵거리는
세상사 모두가 네 박자 쿵착 쿵착 쿵차자 쿵착
나는 뽕짝 네 박자를 껴입고 트럭이 가는
길을 무심코 보다가 지도를 클릭한다
서울에서 출발하는 길 하나를 따라가니 화엄사에
도착한다 대웅전 앞에 늘어선 동백 안에서
목탁 소리가 퍼져 나온다 합장을 하며

지리산 콘도의 60% 할인 쿠폰을 한 매 클릭한다
프린터 아래의 내 무릎 위로
쿠폰이 동백 꽃잎처럼 뚝 떨어진다 나는
동백 꽃잎을 단 나를 클릭한다
검색어 나에 대한 검색 결과로
0개의 카테고리와
177개의 사이트가 나타난다
나는 그러나 어디에 있는가
나는 나를 찾아 차례대로 클릭한다
광기 영화 인도 그리고 나⋯⋯⋯나누고
⋯⋯⋯나오는⋯나홀로 소송⋯⋯⋯또나(주)⋯
나누고 싶은 이야기⋯⋯⋯지구와 나⋯⋯⋯⋯
따닥 따닥 쌍봉낙타의 발굽 소리가 들린다
오아시스가 가까이 있다
계속해서 나는 클릭한다 고로 나는 존재한다

『야후!의 강물에 천 개의 달이 뜬다』, 문학과지성사, 2001

몸이 열리고 닫힌다

몸 속에 웹브라우저를 내장하게 되었어. 야금야금 제 속을 파먹어 들어가는 달. 신이 몸 속에 살게 되었어. 신은 이제 몸 속에서 키울 수 있는 존재야. 몸 속에는 사철나무. 산. 목이 잘린 불상. 금칠이 벗겨진 십자가. 당신이 보낸 천년에 한 번 우는 새. 당신이 내게 올 때 걸었던 최초의 오른발과 왼발. 기어이 제 살을 다 파먹은 달. 그물로 된 달. 그물에 걸린 신들의 꼼지락거리는 손가락들과 발가락들을 생각해봐. 몸 속이 점점 비좁아지고 있어. 십계명을 새긴 돌이 자궁 속을 굴러다니고 있어. 사막을 건너 아버지가 찾아와. 내 몸이 신전이니 죽은 아버지가 새벽마다 기도해. 몸 속은 무덤이 아니야. 방금 네가 날 검색했잖니. 서른 닢의 은전도 받지 않고. 새벽은 아직 멀었는데. 쉬지 않고 아버지를 부정해. 더 이상 신전은 몸 밖에는 없어. 이제 낮과 밤은 몸 속에서 만나고. 낮과 밤은 몸 속에서 헤어지고. 신들은 내 몸을 로터스 꽃처럼 먹고 꾸역꾸역 자라. 몸은 구멍투성이야. 신들의 취미는 피어싱. 구멍은 신들의 수유구. 아니면 주유구. 세상은 구멍이야. 만개하는 몸이야. 열리고 닫히는 몸

『야후!의 강물에 천 개의 달이 뜬다』, 문학과지성사, 2001

쇼윈도

그리움에 지친 날은 마네킹도
발뒤꿈치가 올라간다
열두 개의 까맣고 딱딱한 조명 아래
한 손은 허리의 긴장을 받치고
다른 한 손은 이마의 전율을 누르고
언제까지나 팽팽할 몸은 그림자에게
쏟아져내린다 그림자 속으로
한쪽 다리가 휘어진
의자의 세계가 고단할 때
로비의 전면에 걸린 시계가
여섯 번 차갑게 무너지는 소리를 낸다

그리움이 깊으면 시간도 제 몸을 부딪쳐
세계를 멈춘다 멈춘다며
한 포즈를 견디는 마네킹 그러나
멈춘 시계바늘 끝에서
계속 찔리고 있다 거기까지 와서
서로의 어깨와 허리를 칭칭 동여맨
한 쌍의 남녀가 멈춘다

각각 한 발은 아직도 허공에 들려 있다

마네킹을 올려다보는 남녀의 얼굴이
윈도로 주르륵 흘러내린다
유리 속의 땅은 영원하다고
윈도 사방을 활활 태우며 불빛은
마네킹의 들린 발뒤꿈치를
잡아당긴다 그래도 마네킹의
자줏빛 원피스 사이 허벅지는
그리움을 향해
변함없이 열려 있고
눈은 윈도 너머 로비 너머
하늘 속으로 들어가 있다
그리움은 그 하늘의 광장이어서 –

『그들이 지구를 지배했을 때』, 문학과지성사, 1996

이수명 Lee, Soo myung

1965년 서울에서 출생. 서울대학교 국문학과를 졸업하고, 1994년 계간 『작가세계』 겨울호에 「우리는 이제 충분히」 외 4편의 시로 작가세계 신인상을 받으면서 문단에 데뷔하였다. 2001년 박인환문학상, 2011년 현대시작품상, 2012년 노작문학상, 2014년 이상시문학상을 수상했다. 대표시집으로 『새로운 오독이 거리를 메웠다』, 『왜가리는 왜가리 놀이를 한다』, 『붉은 담장의 커브』, 『고양이 비디오를 보는 고양이』, 『횡단』, 『언제나 너무 많은 비들』 등을 출간하였다. 이수명은 낯설고 난해한 시풍으로 알려져 있지만, 고전주의자라거나 당대적이라는 평도 있다.

이수명

왼쪽 비는 내리고
오른쪽 비는 내리지 않는다

내가 너의 손을 잡고 걸어갈 때
왼쪽 비는 내리고 오른쪽 비는 내리지 않는다.

우리에게는 언제나 너무 많은 손들이 있고
나는 문득 나의 손이 둘로 나뉘는 순간을 기억한다.

내려오는 투명 가위의 순간을

깨어나는 발자국들
발자국 속에 무엇이 있는가
무엇이 발자국에 맞서고 있는가

우리에게는 언제나 너무 많은 비들이 있고
왼쪽 비는 내리고 오른쪽 비는 내리지 않는다.

내가 너의 손을 잡고 걸어갈 때
육체가 우리에게서 떠나간다.
육체가 우리를 쳐다보고 있다.

우리에게서 떨어져 나가 돌아다니는 단추들
단추의 숱한 구멍들

속으로

왼쪽 비는 내리고 오른쪽 비는 내리지 않는다.

『언제나 너무 많은 비들』, 문학과지성사, 2011

포장품

물건은 묶여 있다. 나는 줄을 풀고 있다. 누군가 포장된 도로 위를 달린다.

물건은 포장되어 묶여 있다. 나는 포장을 동여맨 줄을 풀고 있다. 누군가 포장된 도로 위를 달린다.

물건은 여러 겹의 비닐로 포장되어 묶여 있다. 나는 비닐을 조르고 있는 줄을 풀고 있다. 누군가 포장된 도로 위를 달린다.

물건은 토막 내져 검은 비닐에 담긴 채 묶여 있다. 나는 풀수록 조여드는 줄을 풀고 있다. 이쪽을 풀면 저쪽이 엉킨다. 이쪽을 풀면 누군가 이쪽을 다시 묶는다. 누군가 포장된 도로 위를 달린다.

물건은 묶여 있다.

『고양이 비디오를 보는 고양이』, 문학과지성사, 2004

창문이 비추고 있는 것

창을 바라본다. 창문이 비추고 있는 것

이것이 누군가의 생각이라면 나는 그 생각이 무엇인지 모르는 채 누군가의 생각 속에 붙들려 있는 것이다.

내가 누군가의 생각이라면 나는 누군가의 생각을 질료화한다. 나는 그의 생각을 열고 나갈 수가 없다.

나는 한순간,
누군가의 꿈을 뚫고 들어선 것이다.

나는 그를 멈춘다.

커튼이 날아가버린다. 나는 내가 가까워서 놀란다. 나는 그의 생각을 돌려보려 하지만 동시에 그의 생각을 잠그고 있다. 나의 움직임 하나하나로

창문이 비추고 있는 것
지금 누군가의 생각이 찢어지고 있다.

『언제나 너무 많은 비들』, 문학과지성사, 2011

사과

이제 상자는 포장되지 않는다.
상자는 열려 있다.
상자 속의 사과들도 열려 있다.

내가 사과를 가로질러 갈 때
사과는 열매를 지속한다.
보이지 않는 한쪽 수갑을 지속한다.

저절로 부서지는 기계가 될 때까지
사과는 사과를 사용한다.
사과를 발전시킨다.

죽은 사과들이 몸을 오그리고 있는 것을
바라본다.
나의 두 팔이 휘어진다.

나는 사과를 먹는다.
먹은 후 껍질을 깎는다.
칼로 자른다.

『문학·선』, 2006년 겨울호

 구이람 Koo, I ram

1975년 숙명여자대학교 국문과를 졸업하고, 독일 빌리펠트대학교에서 문학 박사 학위를 받았다. 현재 숙명여자대학교 명예교수이며, 1999년 『시문학』에서 시 부문 신인우수작품상을 수상하며 등단하였으며, 2009년 『시와시학』에 재등단하였다. 2015년 만해 '님' 시인상을 수상한 바 있다. 시집으로는 『그 여자 몇 가마의 쌀 씻어 밥을 지어 왔을까』, 『걷다』, 『산다는 일은』, 『하늘 나무』, 『꽃들의 화장법』 등이 있다.

구이람

그 여자 몇 가마의 쌀 씻어 밥을 지어 왔을까
산은
노동시장에서
이제야 알았다

그 여자 몇 가마의 쌀 씻어
밥을 지어 왔을까

장독 뚜껑 몇 천 번 여닫으면서 그 여자
목구멍에서 창자 끝까지 몇 만 킬로 걸어왔을까
검은 옷 빨고 삶아 흰 옷 다듬질하면서
배내옷에서 수의(壽衣)까지 몇 만 번 갈아입고 살아왔을까
그 여자 몇 가마의 쌀 씻어 밥을 지어 왔을까

『그 여자 몇 가마의 쌀 씻어 밥을 지어 왔을까』, 시학, 2009

산은

만 년이 지나도
외로움을 켜켜이 쌓아 올린다

사람들이 밟고 걸어도
길은 언제나 홀로일 뿐

만 가지 형상을 가지고 있으면서도
아무것도 갖지 않는
너

『산다는 일은』, 시와 시학, 2013

노동시장에서

새벽바람 속에서
사람들의 빠른 행진을 바라본다
하루가 와자하게 열리고

저마다 아픈
생의 가시나무꽃을 피우려고
하루의 품삯에 몸을 던지는
남루한 소리들이 힘차게 떠돈다

사내들은
미지의 평원에서 무지개를 좇지만
빈손 되어 돌아오는 날 허다하다며
긴 한숨을 삼킨다

부지런히
하루를 여는 사람들의 눈빛
떠오르는 햇덩이보다 뜨겁다
동쪽 하늘에 절하며
또 하룻길을 꾸벅꾸벅 걷는 사람들

오늘 하루의 꿈을
놓치지 않으려는 꼭 다문 입술
질경이 행렬을 바라본다

『그 여자 몇 가마의 쌀 씻어 밥을 지어 왔을까』, 시학, 2009

이제야 알았다

강물이 왜 저 혼자 맴돌다 맴돌다
저리 멀리 길을 외돌아 왔는지를
왜 그 자리에서 그리 오래
멍청히 누군가를 기다리고 있었는지를

이제야 알게 되었다
강물도 마음이 있고
생각이 깊다는 것을

강물은 침묵으로 말하고 있다
내가 걸어온 것
깨친 것들만이 오로지
내 참인생이라고

이제야
강물과 가슴이 통하는구나 생각하니
숨길이 턱 막혔다

『하늘나무』, 시와 시학, 2014

김행숙 Kim, Haeng sook

1970년 서울에서 출생. 고려대학교 국어교육과를 졸업하고, 동 대학원 국문과에서 석사학위와 박사학위를 받았다. 현재 강남대학교 국어국문학과 교수로 재직 중이다. 1999년 『현대문학』에 「뿔」 등이 추천되어 등단했다. 2009년 제9회 노작문학상을 수상했다. 대표시집으로 『사춘기』, 『이별의 능력』, 『타인의 의미』, 『에코의 초상』 등이 있고, 산문집 『마주침의 발명』, 『에로스와 아우라』 등을 펴냈다.

김행숙

존재의 집

그런 입 모양은 아직은 침묵하지 않은 침묵을
침묵으로 들어가는 입구를
입구에서 조금만 더,
조금만 더 기다려보자고 기다리고, 끊어질 것 같은 마음으로
기다리는 사람을 뜻한다
　그 사람이 얼음의 집에 들어와서 바닥을 쓸면 빗자루에 묻는
물기 같고
　원래 그것은 물의 집이었으나 살얼음이 이끼처럼 끼기 시작
하고
　물결이 사라지듯이 말수가 줄어든 사람이
아직은 침묵하지 않은 침묵을
침묵으로 들어가는 좁은 입구를
그런 입 모양은
표시했다
　식사 시간에 그런 입 모양이 나타났을 때 숟가락을 떨어뜨렸
고, 그 사람은 숟가락을 떨어뜨린 줄도 몰랐는데
　그 숟가락은 무엇이든 조금씩 조금씩 덜어내기에 좋은 모양
으로 패어 있고
　구부러져 있다

숟가락의 크기를 키우면 삽이 되고, 삽은 흙을 파기에 좋다
물, 불, 공기, 흙 중에서 흙에 가까워지는 시간에
이를테면 가을이 흙빛이고 노을이 흙빛이고 얼굴이 흙빛일 때
그런 입 모양은 아직은 입을 떠나지 않은 입을
아직은 입으로 말하지 않은 말을
침묵의 귀퉁이를
아직까지도 울지 않은 어느 집 아기의 울음을

『에코의 초상』, 문학과지성사, 2014

가로수 관리인들

훌륭한 사람들

첫 만남에서 대부분의 훌륭한 사람들은 수줍음을 보인다. "안녕하세요." 그들은 날씨에 대해 말한다. 날씨가 사적인 내용을 담고 있지 않다고 말할 수 없다. 날씨에 예민해지면 매우 많은 것을 알 수 있다. 그래서 나는 가로수 관리인들 중의 한 명을 만났고 그가 훌륭한 사람이라는 것을 알았다. 그는 8번가를 담당하고 있다. 8번가의 나무들은 얼마나 우아하게 나뭇잎 나뭇잎을 떨어뜨리고, 얼마나 구슬프게 나뭇잎 나뭇잎을 피웠을까. 한 장의 나뭇잎 때문에 투신자살을 결심한 사람을 나는 이해할 수 있다. 나는 질투심을 깊이 감췄지만 그는 나의 질투를 칭찬했다. 우리는 친구가 되었다. 우리의 우정이 초월한 것은 나이 뿐만이 아니었다. 믿음은 믿음을 초월하여 많은 것을 가능하게 하였다.

헤이, 부탁해

오늘밤은 내 인생을 통틀어 바라봤던 하늘 중에서 가장 투명한 밤이야. 몹시 사적인 날씨야. 인생을 우물 같다고 하든, 바다 같다고 하든 그게 다 무슨 소용이겠어. 사적인 날씨에 휩쓸리면 우리는 그때마다 유일한 날을 꿈꾸지.

부탁해. 너의 나무로 하여금 오늘밤 나의 침대가 되게 해줘. 오늘밤은 쉽게 깊어지지 않을 거야. 왜 우리는 역겨워지고, 왜 우리는 기를 쓰고 집으로 돌아가려고 하는 걸까. 8번가의 술집에서 마지막으로 나오는 무리들을 우리는 잘 알잖아. 욕설의 상스러움에 마력이 있었다면 우리는 모두 벌써 죽었을 거야. 그러나 오늘밤의 침대는 마술적이지. 나는 조용히 불씨처럼 일어나 8번가의 나무 위를 발목이 달빛에 젖도록 걸어다닐 거야. 잠을 이루지 못하는 사람들을 만나겠지. 그들을 사로잡은 표정을 묘사하는 데 단 한 문장도 쓰지 않겠어. 그게 다 무슨 소용이겠어. 오늘밤은 유일하게 투명한 밤이야.

헤이, 부탁해. 오늘밤은 초월적인 밤이야. 너의 나무는 오늘밤 우리들의 침대가 되는 거야. 8번가의 거지들을 모두 불러올려도 조옿지!

13번가 가로수 관리인

13번가 나무들은 13번가 가로수 관리인의 손길이 닿는 나무들이다. 13번가 가로수 관리인의 손이 세상에서 가장 아름답다는 것은 잘 알려져 있다. 13번가 가로수 관리인은 열병이 나서 보름째 꼼짝없이 누워 있다. 검은 개 한 마리가 13번가 가로수 관리인의 뜨거운 이마를 길고 긴 혀로 핥으며 보름째 침상을 지키고 있다. 보름 동안 13번가 나무들은 나뭇잎 한 장 떨어뜨리지 않았는데, 심하게 불었던 바람도 흔들지 못한 13번가 나무들의 의지는 어쩌면 검은 개의 것일지도 몰랐다. 강력한 영혼의 힘은 전염병 같은 흐름을 가졌다. 햇빛 속에서 아이들은 홍옥처럼 반짝이고 개구리처럼 활짝 피어나는 순간 담을 넘는다. 13번가 사람들은 처음으로 13번가 나무들에게 공포를 느꼈다. 나무는 보름 만에 악몽의 테마가 될 수 있었다. "안녕히 주무세요." 사람들은 점점 어두워지는 얼굴로 그렇게 인사를 나누고 헤어졌다.

이별의 능력

그들은 노인이다. 저 지평선을 바라보면서 우리가 포함되어 있는 세계를 느낀다. 13번가 가로수 관리인은 죽었고, 검은 개는 남았다. 14번가 가로수 관리인은 죽음을 옆에 앉혀두고 어디서 툭, 끊겨도 좋을 얘기를 나누고 있다. 의자가 삐걱거리는 소리가 들렸다. 지평선이 재빨리 이동하고 있었다. 동시에, 사람들이 걸어다니고 있다. 8번가 상점들의 문이 열리고 부지런한 점원은 사물들의 자리를 바꿔보기도 하고 먼지를 털어내기도 한다. 나는 당신을 오늘 처음 만나는 것이다. "좋은 아침이죠?" 우리는 날씨를 살핀다. 나무 위에서 아침식사를 하던 한 젊은이가 웃음을 터트렸는데, 밥알들이 웃음소리를 따라 흩어지고 새들이 지저귀며 뒤쫓아 날아갔다.

『이별의 능력』, 문학과지성사, 2007

목의 위치

기이하지 않습니까. 머리의 위치 또한.

목을 구부려 인사를 합니다. 목을 한껏 젖혀서 밤하늘을 올려다보았습니다. 당신에게 인사를 한 후 곧장 밤하늘이나 천장을 향했다면, 그것은 목의 한 가지 동선을 보여줄 뿐, 그리고 또 한번 내 마음이 내 마음을 구슬려 목의 자취를 뒤쫓았다는 뜻입니다. 부끄러워서 황급히 옷을 주워 입듯이.

당신과 눈을 맞추지 않으려면 목은 어느 방향을 피하여 또 한번 멈춰야 할까요. 밤하늘은 난해하지 않습니까. 목의 형태 또한.

나는 애매하지 않습니까. 당신에 대하여.

목에서 기침이 터져 나왔습니다. 문득, 세상에서 가장 긴 식도를 갖고 싶다고 쓴 어떤 미식가의 글이 떠올랐습니다. 식도가 길면 긴 만큼 음식이 주는 황홀은 천천히 가라앉을까요, 천천히 떠나는 풍경은 고통을 가늘게 늘리는 걸까요, 마침내 부러질 때까지 기쁨의 하얀 뼈를 조심조심 깎는 중일까요. 문득, 이 모든 것들이 사라져요.

소용없어요, 목의 길이를 조절해 봤자. 외투 속으로 목을 없애 봤자. 그래도 춥고, 그래도 커다란 덩치를 숨길 수 없지 않습니까.

그래도 목을 움직여서 나는 이루고자 하는 바가 있지 않습니까. 다리를 움직여서 당신을 떠나듯이. 다리를 움직여서 당신을 또 한 번 찾았듯이.

『타인의 의미』, 민음사, 2010

천사에게

천국에 의자가 있다는 이야기를 들었다. 오른쪽과 왼쪽이 있다는 이야기를 들었다. 그의 이야기는 천국에도 있는 것이 이 세계에도 있으면 좋은 것이라는 뜻으로 들렸다가,

이 세계에도 있는 것이 천국에도 있으면 나쁜 것이라는 뜻으로 들리기도 했다. 아, 달빛은 메아리 같아. 꼬리가 흐려지고…… 떨리는…… 빛과 메아리. 달빛은 비밀을 감싸기에 좋다고 생각하다가,

달빛은 비밀을 풀어헤치기에 좋다고 생각했다. 달빛은 스르르 무릎을 꿇기에 좋은 빛, 달빛은 사랑하기에 좋은 빛, 달빛은 죽기에도 좋은 빛,

오늘밤은 천사의 날개가 젖기에도 좋은 빛으로 온 세상이 넘쳐서, 이 세계 바깥은 없는 것 같구나. 우리 도시의 지하에는 커브를 그리며 돌아다니는 열차가 있고, 열차에는 긴 의자가 있다는 이야기를 들려주었다. 긴 의자에 앉으면 천국의 사람들처럼 죽은 듯이 흰자위가 사라지는 사람들이 있다는 이야기를 들려주었다. 꿈속에서도 서로를 죽이는 사람들의 이야기를 그의 눈

송이 같은 귀에다 뜨듯한 입김을 불며 속삭여주었다.

인간을 사랑하느냐고 나는 물었고, 그리고 오랫동안 대답을 기다렸다.

『에코의 초상』, 문학과지성사, 2014

진은영 Jin, Eun young

1970년 2월 10일 대전 출생. 이화여자대학교 철학과와 동 대학원을 졸업했다. 한국상담대학원대학교 교수로 재직 중이다. 2000년 『문학과 사회』 봄호에 「커다란 창고가 있는 집」 외 3편을 발표하며 등단했다. 2013년 제21회 대산문학상 시 부문, 2013년 제15회 천상병 시문학상을 수상한 바 있다. 시집으로는 『일곱 개의 단어로 된 사전』, 『우리는 매일매일』, 『훔쳐가는 노래』 등이 있다.

진은영

긴 손가락의 시(詩)

시를 쓰는 건

내 손가락을 쓰는 일이 머리를 쓰는 일보다 중요하기 때문.
내 손가락, 내 몸에서 가장 멀리 뻗어나와 있다. 나무를 봐. 몸통
에서 가장 멀리 있는 가지처럼, 나는 건드린다, 고요한 밤의 숨
결, 흘러가는 물소리를, 불타는 다른 나무의 뜨거움을.

모두 다른 것을 가리킨다. 방향을 틀어 제 몸에 대는 것은 가
지가 아니다. 가장 멀리 있는 가지는 가장 여리다. 잘 부러진다.
가지는 물을 빨아들이지도 못하고 나무를 지탱하지도 않는다.
빗방울 떨어진다. 그래도 나는 쓴다. 내게서 제일 멀리 나와 있
다. 손가락 끝에서 시간의 잎들이 피어난다

『일곱개의 단어로 된 사전』, 문학과지성사, 2003

멜랑콜리아

그는 나를 달콤하게 그려놓았다
뜨거운 아스팔트에 떨어진 아이스크림
나는 녹기 시작하지만 아직
누구의 부드러운 혀끝에도 닿지 못했다

그는 늘 나 때문에 슬퍼한다
모래사막에 나를 그려놓고 나서
자신이 그린 것이 물고기였음을 기억한다
사막을 지나는 바람을 불러다
그는 나를 지워준다

그는 정말로 낙관주의자다
내가 바다로 갔다고 믿는다

『우리는 매일매일』, 문학과지성사, 2008

있다

창백한 달빛에 네가 너의 여윈 팔과 다리를 만져보고 있다
밤이 목초 향기의 커튼을 살짝 들치고 엿보고 있다
달빛 아래 추수하는 사람들이 있다

빨간 손전등 두개의 빛이
가위처럼 회청색 하늘을 자르고 있다

창 전면에 롤스크린이 쳐진 정오의 방처럼
책의 몇 줄이 환해질 때가 있다
창밖을 지나가는 알 수 없는 사람들이 있다

있다고, 말할 수 있을 뿐인 때가 있다
여기에 네가 있다 어린 시절의 작은 알코올램프가 있다
늪 위로 쏟아지는 버드나무 노란 꽃가루가 있다
죽은 가지 위에 밤새 우는 것들이 있다
그 울음이 비에 젖은 속옷처럼 온몸에 달라붙을 때가 있다

확인할 수 없는 존재가 있다
깨진 나팔의 비명처럼

물결 위를 떠도는 낙하산처럼
투신한 여자의 얼굴 위로 펼쳐진 넓은 치마처럼
집 둘레에 노래가 있다

『훔쳐가는 노래』, 창비, 2012

훔쳐가는 노래

지금 주머니에 있는 걸 다 줘 그러면
사랑해주지, 가난한 아가씨야

심장의 모래 속으로
푹푹 빠지는 너의 발을 꺼내주지
맙소사, 이토록 작은 두 발
고요한 물의 투명한 구두 위에 가만히 올려주지

네 주머니에 있는 걸, 그 자주빛 녹색주머니를 다 줘
널 사랑해주지 그러면

우리는 봄의 능란한 손가락에
흰 몸을 떨고 있는 한그루 자두나무 같네

우리는 둘이서 밤새 만든
좁은 장소를 치우고
사랑의 기계를 지치도록 돌리고
급료를 전부 두 손의 슬픔으로 받은 여자 가정부처럼

지금 주머니에 있는 걸 다 줘 그러면
사랑해주지, 나의 가난한 처녀야

절망이 쓰레기를 쓸고 가는 강물처럼
너와 나, 쓰러진 몇몇을 데려갈 테지
도박판의 푼돈처럼 사라질 테지

네 주머니에 있는 걸 다 줘, 그러면
고개 숙이고 새해 첫 장례행렬을 따라가는 여인들의
경건하게 긴 목덜미에 내리는

눈의 흰 입술들처럼
그때 우리는 살아있었다

『훔쳐가는 노래』, 창비, 2012

현대여성대표시인선

시가 피는 시간

초판 발행 2016년 9월 9일

엮 은 이 구명숙
펴 낸 이 이대현
펴 낸 곳 도서출판 역락

책임편집 문선희
디 자 인 안혜진
편   집 이홍주 이태곤 권분옥 최용환 홍혜정 고나희 박지인
마 케 팅 박태훈 안현진

주   소 서울시 서초구 동광로 46길 6-6(반포4동 577-25) 문창빌딩 2층(06589)
전   화 02-3409-2060(편집부), 2058(영업)
팩   스 02-3409-2059
전자메일 youkrack@hanmail.net
블 로 그 http://blog.naver.com/youkrack3888
등록번호 1999년 4월 19일 제303-2002-000014호

정가 13,000원
ISBN 979-11-5686-596-4 03810

ⓒ 도서출판 역락, 2016. Printed in Seoul, Korea